荞麦

海马　著

天津社会科学院出版社

雅舍文丛

荞麦

海马 著

天津社会科学院出版社

图书在版编目（CIP）数据

荞麦 / 海马著. -- 天津 ：天津社会科学院出版社，2014.1
雅舍文丛 / 郭栋主编

ISBN 978-7-80688-988-6
Ⅰ. ①荞 Ⅱ. ①海 Ⅲ. ①散文集－中国－当代 Ⅳ. ①I267
中国版本图书馆CIP数据核字(2013)第315973号

出版发行：天津社会科学院出版社
出版人：钟会兵
地址：天津市南开区迎水道7号
邮编：300191
电话/传真：（022）23366354 （022）23075303
网址：www.tass-tj.org.cn
印刷：山东德州新华印务有限责任公司

开本：889mm × 1194mm 1/32
印张：6.125
字数：142千字
版次：2014年3月第1版
印次：2014年3月第1次印刷
定价：34.00元

目　录

敲钟人

我要说的敲钟人，是苏北乡下的一个老校工，他叫老夏。

老夏站在那儿，瘦得像个阳光下的影子，似乎一阵风过，便纸人一般飘向天空，半支烟工夫也下不来。20岁的当儿，学校初创，老夏也是这么单单薄薄，带了个蓝色布包裹来当校工，一直干到60岁退休。这其间，他经历了9位校长，一批又一批学生，小鸟般飞来又飞去。老夏是见证人。老夏是九朝元老，老夏甚至还是党员，除了党内同志，很少有人知道他是什么时候入党的，老夏像个“地下党员”。

老夏的身份也实在微妙。校长叫他“老夏”或者“老夏同志”，老师们称他“夏师傅”，学生叫他“夏老师”（乡下的娃，把学校里每位非学生的都叫老师），食堂里的两校工则喊他“夏老头”。

除了管打钟，老夏还兼管办公室的打扫和茶水，教室的关门关窗，油印室里的试卷、资料油印。每天早晨，老夏把教室门一个个打开，把开水送往各个办公室，把桌子、地洒扫干净，然后，微笑着站在大门口，看着上课的老师、上学的学生，一个个鱼贯而入，在“夏师傅”、“夏老师”的晨候声中，他的脸上洒满了早晨的阳光。然后，一天的事就是打钟、油印，中午添换茶水，下午关窗、关门，九点钟准时把大门关上。这一切，老夏做得有条不紊，像个时钟一样准确、稳健。每天都是如此。

老夏干得最有诗意的事，自然是敲钟。在一棵巨大的刺槐树的枝丫上，挂着一口铜钟，也许从建校初就在那儿了，钟绳是用老夏从家里带来的亚麻搓成的。这是一种乡村风景。老夏便是这风景中的主人，他款款牵动钟绳，在晨风中，在暮色里，在雨中，在风里，把钟撞响。

老夏的钟会说话。“当当当，当当当”，那是上课钟，操场上的顽童听起来就是老夏在说：“上课了，孩子们！上课了，孩子们！”下课的钟声则“当——当——当……”，慢悠悠，有条不紊，像老师走下讲台稳健的步子。上操钟则像军号，“当当当当当……”一声紧似一声，响得像京剧中催场的锣鼓一般急。伴随这钟声，便是学生“哗哗哗”奔向操场的脚步声，任何想拖课的老师都抵挡不住这钟声。远近的农家，因为有了老夏的钟声，几乎都可以省下买钟表的钱。

有一段时间，老夏家中建房，找了个临时校工干了半个月。老师意见纷纷，开水不烫，泡不开茶叶；试卷印得不清楚；地上扫不干净……其实，最大的缺陷，是那位代理校工的钟敲得毫无气韵，干巴巴的，像个大老爷们的破嗓子，有一句没一句地哼。学生们都搞得茫茫然，不知是上课钟，还是下课钟。我想，凡是在这里呆过的人，以后不管走到哪里，都不会忘怀老夏的钟声。我甚至忽发奇想，假如老夏懂得韵律的话，一定能用那口钟奏出音乐来。可惜，他一点也不懂音乐，甚至连字也不识几个。

几年前，学校买了电钟。油印室也换进了一个姑娘，打字兼印刷。于是，校园里便响起了现代文明的声音，尖锐刺耳，毫无诗意。大家都为那钟声的消失，有些失落。大钟还挂在树上，老槐树依旧蓬勃。老夏每天开过门，送过茶水，便坐在门房的躺椅上，看天、看田野，看远处的村庄和云，嘴里哼着小调儿。几十年来，他从来没有这么闲过。电铃初装起来的那几天，人们不时会看到，在电铃就要响起的瞬间，他转悠到大钟下，抬起手臂，在快要触及钟绳时，那手突然定格，然后，讪讪地垂下。

没过几天，电钟忽然坏了，老夏欢天喜地，老师们也满脸喜气，于是，校园里重又响起那钟的歌声。但小镇上的修理工很快到来，将电钟修好了。而且，大家慢慢习惯于那电钟的声音、节奏，虽然有些吵人，不近情理，但慢慢也就听出，其中也有一种音乐的东西。于是，人们又看到一个坐在门房里晒太阳的老头，看天，看田野，看远处的村庄和云，就像古槐树下的那口大钟，他成了古老风景的一个部分。

三年后，年届六十的老夏，光荣退休了。其实，三年前，电钟从上海运回的那个美丽黄昏，敲钟人老夏就已带着他的道具，走下他演出多年的舞台。退休了。

老乞婆

我只记得，她身材矮小、单薄，佝偻着的腰背，就像一只瘦小的龙虾。她的头发呢，是灰白色的，像秋天的芦花一样——似乎昭示着一个时代的苍白与空洞。至于她的面相，我已经无法记起。时间已将老乞婆的脸孔，像古钱上的字迹和图案一样磨平了。

我不知道她的名字。很小的时候，奶奶让我叫她“婆婆”。因此，题目里的“乞婆”二字完全没有贬义。我不知道，这“婆婆”的来由，是不是跟奶奶有点什么联系。在我长大以后，我否定了其间任何幻想的联系。因为我的一家，包括奶奶的娘家，都是彻底的铁杆贫农。这个政治上的闪光点，让我在每次填写履历时都轻松自如，非常骄傲祖辈留给我的这份珍贵的政治遗产。而老乞婆，则是村里一个有名地主的小老婆。用当时的政治术语来说，她是个“地主婆”。地主当过还乡团，坑杀了我家一个当农会干部的远房亲戚。土改的第二年，这位当时没有逃往台湾或者美国的前地主，就被人民政府给枪毙了。

好多次，我看到老乞婆从我家东边的土路上走过来了，在早饭或者午饭时分。她似乎走得极慢，像一只缓缓爬行的虫子似的。不过，她还是很快就走到了我家门口，倚着我家厨房的门框。倘若我家正在吃饭，一定会招呼她进来，并会在她那只锯齿般的破碗里盛满稀饭或者玉米干饭。有时我们家吃红山芋或芋头，那就是山芋或者芋头了。老乞婆稍稍迟疑，在门框上靠下她的竹杖（打狗棍），放下蒙一块青布的讨饭篮子，进来，接过奶奶递来的板凳，靠着门板坐下。奶奶不会邀请，她也绝对不会接受邀请坐到饭桌上来的，那是主人所忌讳的，据说会带来晦气。她会跟奶奶聊上很久，聊些什么，我一点也不懂。两个头发白白的老太太聊起来，会不知时间长短，奶奶有时还会让她抽几口水烟。她似乎不怕错过要饭，当然，吃了这顿，在一下顿尚未到来时，她是不必多作考虑的。

老乞婆似乎很喜欢过我。我记得她抱过我，并把讨来的好东西给我。我记得最清楚的是，我吃过老乞婆讨的粽子，那是端午节过了不久。因为响应国家号召，村上所有的水田都改成了旱田，种棉花、小麦或者玉米。那年端午节，家中没有糯米包粽子，我正想吃粽子想得不行。许是奶奶跟她说了这事，当我那天我从外面玩了回来，奶奶给我粽子，并告诉我是老乞婆给的。当然，作为回报，奶奶给了她两块红红的高粱饼。

老乞婆为什么要讨饭，我也不清楚。妈妈讲得很干脆："是懒！"于是，就势现行教育我一通，人懒，就得讨饭拖棒。当然，只要劳动就有饭吃，这是个浅显的道理。但是，老乞婆已经七十多岁，又瘦又小，想必无法去生产队做工分养活自己。要变成五保户，因为她的出身，恐怕也没有资格，这是我后来推测的。她似乎剩下在饿死和讨饭之间作一条简单的选择题。因为当时妈妈跟奶奶像天下所有的婆媳一样，水火不容，那对老乞婆的评论难保不是影射奶奶的。

我最不能忘记的是一个下午的日落时分。老乞婆行走在一条田埂小道上，挎着那口破篮子，拄着那根竹杖，佝着腰，慢慢前行。满头的白发，闪着银子般的光芒。这时，一群放学的小学生迎面走来。“地主婆！地主婆！”有人叫了一声。于是，大家像发现新大陆似的，跟着大叫起来，慢慢的，那杂乱的声音变成“一二三，地主婆”“一二三，地主婆”的整齐呐喊。有人一边喊叫，一边发射土疙瘩砸她。

这群小学生中有我。我站在一边，没有叫喊，也没有捡起土块。我不想他们这么干，但我不知道说些什么。拿土块打一个地主婆，似乎并无什么不可。我们已多次听过老贫农的忆苦思甜，吃过难以下咽的“忆苦饭”，竖起过小拳头，跟在老师后面喊：“不忘阶级苦，牢记血泪仇”。但在我的心目中，她仅是一个可怜的老女人，一个乞婆。她跟万恶的地主似乎毫无关系。更何况，她仅是个地主的小老婆。小老婆者，往往是穷苦人家的女孩子担当的角色，为什么让她成了历史和时代的“赎罪者”。这些道理，我当时也讲不出。我说不清当时，还有以后，一直在心中为她说理，是不是因为那一只粽子，使我丧失了阶级的立场。对，换句当时最时髦的话，那是“绿色芦苇叶包裹着的炮弹”。

我也没有制止这场战斗。我的胸前飘动着鲜红的红领巾，它是红旗的一角；左臂上，还戴着两条杠的臂章。我是红小兵的中队长，我得有阶级立场。我只能选择僵立在那里，呆看。

孩子们追击着老乞婆。土块击中老乞婆的后背，腾起一阵泥烟，极有战斗故事片上子弹击中目标时的那种效果，孩子们发出一阵欢呼。老乞婆跑得更快，沿着田埂小路，怕冷似的，佝着身子，向前匆匆逃去。夕阳把她的影子弄得又瘦又长，而高低不平的田埂和土地又把她的影子弄得弯弯曲曲。我想象不出，年迈的她，又是一双小脚，竟能跑那么快。

前方，是夕阳下荒凉的坟地(荒草田，像馒头似的，有许多高高低低的坟头，自由地滋漫着野草、低矮的灌木和一些杂树)，那里是村子里的公共坟地。这里，葬着村里所有去世的人，打铁的或者种田的，挑糖担的或者做伙计的，干部或者社员，贫农或者地主。

老乞婆就是向这样一个地方逃去的。

草匠伯伯

草匠伯伯不是我的亲伯伯，也就是说，他不是我爷爷的儿子，而是我爷爷的哥哥的儿子。

满脸的胡须，茅草一样乱蓬蓬的，白中夹黑。牙齿掉光以后，嘴唇干瘪得厉害。他有七十多岁了吧？

草匠伯伯爱坐在他家元宝屋前的一棵桑树下，摆一张长凳，跷着二郎腿，裤腿挽起，捧着个白铜水烟台，一袋接一袋抽烟，一声接一声咳嗽。要是有人来玩（一般是像他一样的老头子），他们便交替着抽烟，摆“龙门阵”。于是，那一声接一声的咳嗽中，便夹杂着草匠伯伯苍白的、压抑的、喘气似的笑声。这时候，几个老头子一定在讲荤话了。年轻时的草匠伯伯是最爱讲荤话的主儿。

草匠伯伯 16 岁学艺，20 岁成了十里八乡草匠的好把式。25 岁，是 8 名草匠的“承手人”（相当于包工头），带着 8 名草匠以及几个徒弟，转战南北。

那时的草匠伯伯，风光着喽，成功着喽。走在街上，有人拉着吃早茶；

行在路上，有人喊回家去敬烟（基本是水烟）。草匠伯伯所到之处，更是笑话、荤话连篇；所到之处，必让大姑娘、小媳妇脸红，又咯咯咯笑个不停。偶尔动手动脚，娘儿们也仅是像母鸡一般咯咯叫着，扑腾着翅膀，躲闪几下而已，断没有摆下脸来，加以责骂的。

草匠伯伯好风流，好潇洒。当然，盖的房子更潇洒，不管是“元宝屋”，还是“齐山”（苏北草屋的两种主要形式，前者状像倒扣的元宝，后者接近屋架结构的瓦房），都盖得有板有眼。泥墙打得厚实可靠，草盖得密匝匀齐。说中午收工，不日落洗手。远近人家盖房，都争着请草匠伯伯承手的草匠队。

草匠伯伯五十上下时，伯母去世了。中年丧妻，乃人生的一大不幸。更何况，伯母很漂亮，这一点，堂姐便是她的一帧肖像了。天生乐观的草匠伯伯，似乎也没有更大的悲痛。只要手艺在身，难保不再续上一个。真正让他悲哀的是，他的生意越来越少了。因为，人们慢慢地不满足于盖草屋，而是要盖瓦房了。从牙缝里省下一粒粒粮食，勒紧裤腰带，也要建上瓦房。在 20 世纪 70 年代中期，四间带院子的青砖小瓦房，是一个庄稼人成功的标志。盖不起实墙实盖的青砖小瓦，至少也要盖个红砖洋瓦(大瓦)屋。

请草匠伯伯盖草房的人少了。走在街上，拉草匠伯伯吃早茶的人少了；走在路上，拉进屋去抽水烟的人少了；草匠伯伯所到之处，也没有大姑娘、小媳妇母鸡般“咯咯咯”的笑闹声了。“草匠队”无形之中解散。几个年轻的徒弟就偷偷地去学泥水匠（瓦匠或者建筑工）。后来有一两个成功非凡，成了包工头，建了小洋楼，还腰缠万贯。草匠伯伯逢人便宣传草屋冬暖夏凉的好处，瓦房夏天烤得像火葬炉子，冬天冷得像棺材（他不惜用最恶毒的话语诅咒砖瓦房）。过年时，他拒绝了几个学瓦匠的小徒弟送来的年礼，“你们学了泥水匠了，不是我的徒弟了，还送什么礼?”草匠伯伯带上他的儿子（也是草匠），平时在生产队挣工分，有了生意，便招呼上几个附近的草匠，去干上几天，用草匠伯伯的话说：“吃肉、喝酒去了!”在乡下，对匠人们的招待，总是很丰富的。草匠伯伯坚守着他最后的阵地。

渐渐地，草匠伯伯在会计的工分簿上工分越来越多，兴高采烈地向人们宣布去“吃肉喝酒”的机会越来越少了。到了土地联产承包责任制后，草匠伯伯则几乎天天泡在家中和自家的地里。偶尔有人叫去修补一下草屋子，也仅是在积极等待着盖瓦房，想盖草屋的人几乎没有了。即使有一两个，往往也是盖猪棚、鸡舍之类。再后来，村里的草房几乎就剩下了草匠伯伯自个儿的“元宝屋”。于是，他的手艺只能用在每年秋天，与他的儿子爬上自家的屋顶，修补漏雨的房子。再后来几年，则是他站在屋下指挥，他的儿子爬上屋顶修屋。草匠伯伯再也干不动草匠活儿了，尽管他曾经是那么好的一个草匠。

儿子也分家出去了。因为媳妇的原因。儿子也早不干草匠营生，在一个砖瓦厂装泥，据说，快挣下一幢瓦房了。

而在他家的旁边，对，就是隔壁，盖着一栋三层的小洋房，那是被他开除出去的徒弟陆大盖的。这可是村里第一幢、也是最好的楼房啊！陆大中途改学瓦匠，上世纪 80 年代最早去东北搞建筑，现在是个手下有一百来号人的包工头。陆大富得流油，但见了草匠伯伯还是恭恭敬敬地叫声“师傅”，敬上一支红塔山。草匠伯伯嘴一撇，不爱搭理，敬上的烟也不想去接，回一句：“我抽水烟。”陆大涎着脸，坚持不收回烟卷。也许是给个面子吧，草匠伯伯还是接了那烟，点上。那东西的味儿就是比水烟好。这点，草匠伯伯心里有数。陆大陪着笑，看着草匠伯伯抽烟，自己也不带抽一根的。

草匠伯伯的茅草屋，与陆大的三层小洋房，像历史开的一个玩笑，像一个黑色幽默，像童话里的一个情节。它们分别矗立在那里。从一开始，那小洋房高高在上，似乎从来都没有正眼瞧上小茅屋一眼；而小茅屋，也像自惭形秽似的，自始至终，没敢抬起过头来。而它们的主人，恰恰相反，陆大总是在低眉顺眼地赔笑，而草匠伯伯则是挺着个脖子，爱理不理。如果有人知道，草匠伯伯曾经是个闻名十里八乡的好草匠，这就不让人奇怪了。但不知还有多少人记得这些。

真的，我记忆中的草匠伯伯，就爱坐在他的“元宝屋”前的桑树下。春天的时候，桑树下掉了一地紫色的桑枣。草匠伯伯翘着腿，捧着个白铜水烟台。他一锅接一锅地抽烟，一声接一声地咳嗽。

村庄里的最后一个草匠，坐在最后一座茅屋前，这是怎样一种风景？

哑巴货郎

游走乡下的货郎，是女人和孩子眼中的磁石。货郎们挑着两只竹筐，敲着一面小铜锣，或者摇着一只拨浪鼓，在乡路上一晃悠，女人、孩子们立即像一把铁钉、铁屑给粘吸上去了。

那两只竹筐可各派用场。一只上搁着玻璃盒，盒子里有女人用的针呀、线呀、小塑料梳子、五颜六色的牛皮筋、花扎头绳；有小孩子喜欢的铁哨子、彩塑泥人、塑料水枪、各式糖粒儿和裹上糖衣的花生豆。另一只筐上则是一个没玻璃的木盘，上面放着一块或半块做成厚厚的饼状的麦芽糖，打麦芽糖的小锤子和小铁板也搁在上面。而玻璃盒、木盘下面的竹筐一式是放破鞋子、玻璃瓶儿、肉骨头、破布、旧棉花的地方，庄户人家一般是用破烂儿换东西。货郎就挑着这样的两只竹筐在乡路上走。

哑巴货郎与别的货郎行头几乎没有什么不同，除了他用来招徕女人和孩子的，是一根竖笛。再就是，他是一个哑巴。别的人用手发出一些好听的声音，而他却是实实在在地用嘴，这一切就像他实实在在是个哑巴一样。

当然，哑巴也并非是个音乐天才。他的那管竹子的竖笛，仅能发出类似于“1，2，3；3，2，1……”的音符，这比他的嘴里能发出的模糊的几句哑语复杂不了多少，但这声音又确实有点抑扬的味道，比起铜锣和拨浪鼓来，自然更像乐音了。哑巴能吸引女人和孩子的，除了是个哑巴，就是这根竖笛。

哑巴生得高大粗壮，黑塔塔的，呈现钢铁的颜色；一脸的蛮肉，满脸的胡茬比他玻璃盒子里的钢针还锋利。一个小媳妇说：“哑巴，把你脸上的胡子拔下来，卖给我做缝衣针吧！”哑巴听不懂，哑巴还是个聋子。看着小媳妇一脸善意，他也便善意地笑了。

哑巴做生意是要用手语的，我不懂那手语是哑巴自创的，还是从某个专门学校学来的，反正女人和孩子都不懂。拿上一只鸡蛋，或者一双旧胶鞋，女人会为针的多少，玻璃头绳的长短，孩子们会为麦芽糖的大小，跟哑巴“交谈”上老半天。哑巴又是摆手，又是摇头，那是表示生意谈不拢；哑巴“呀呀”地高兴地点头，那是表示满意，生意可以做成了。那女人或者小孩，起初还跟哑巴大声讲价钱，当发现是白费蜡时，也饶有兴致地跟在哑巴后面，又是摆手，又是摇头，有时也“呀呀”大叫。跟哑巴做生意，实在有乐趣。在寂寞的乡下，这是一种娱乐和消遣，不过，一切充满友好，绝没有轻蔑、戏弄的意思。

哑巴吹着那竖笛，在乡路上走，又简单，又悠扬。我们一群不上学的小孩，像游行似的，跟在哑巴的身后，有时要转悠大半个村子。不是为了那糖，而是那竖笛的好听声音。

哑巴也生气，哑巴的脸相本来就凶，要是一生气，确实有点怕人。他哇哇大叫，竖起两只拳头，向你笔直地冲来。有时，还抄起担子上面的扁担，那架势着实让偷了糖粒或者小泥人的孩子们胆破心裂，撒开两腿比兔子跑得还快，当然，“脏物”也就扔在地下。哑巴捡起东西，又是嘴巴吹，又是在衣服上擦，然后放回糖担上，那“小贼娃”也就不去追了。在我们那边，吓小孩，除了说“红眼睛兔子”来了，“毛狼”来了，“抹花”来了，就是说哑巴来了。小孩保准给吓得不敢哭。

哑巴的可怕，除了他的一脸横生的黑肉，就是他的来历不明。

他的家住在小镇的河北岸，一间草棚子里，棚下，就是他们的船。哑巴是船上人，也不知来自哪个泽乡水国。从我出世时，他就与他的母亲住在那里。那船从此不再在水上漂泊，快像一棵树一样跟河岸长到一块去了。而哑巴倒像船一样，挑着货郎担，在四乡里漂泊起来。

我曾跟几个胆大的小孩去过哑巴的家，仅是从门外偷看了几眼。小时候，总吵着要吃麦芽糖，破烂并非总是有的，有，也要留给妈妈和姐姐换针头线脑什么的；花钱，那更是不可能。于是，大人们编出了哑巴的另一个神话，哑巴的麦芽糖是和着唾沫做的。哑巴一边朝手心吐唾沫，一边揉搓那糖饼，这是哑巴的糖特别甜的原因。我们去看哑巴，就是为了看看哑巴是不是真的向糖里吐唾沫。那次，哑巴穿着他的大蓝裤衩，赤着膊，正卖力地在一张木桌上揉搓那糖团。夏日里，哑巴就穿着那样的裤衩，挑着担儿，在四乡里晃悠。他的老母亲正颤悠悠地在船上的木架上晾衣服。突然，哑巴高声“呀呀”地吟哦起来，准是高兴了吧。吓得我们几个，像一群受惊的小鸟，“腾”的一声，飞得远远的。我们没敢再回头去看，哑巴做糖的秘密，也就永远石沉海底了……

写到这里，我脑子里又出现了那个满脸黑黑的横肉，夏日里穿着大蓝布裤衩，四乡里转悠的哑巴来。

二十年了，我不知道，那个异乡的哑巴，是不是还住在那条船上；也不知道，他是否两鬓霜白，抑或还坚挺地活着？还有那根竖笛，会不会依然发出简单好听的声音？

那就是哑巴的歌声了。

三　爷

三爷有两个爱好：女人和种树。

三爷是家族的不孝子。

“不孝有三，无后为大”，三爷没给家族留下一男半女。这一点也不奇怪，三爷压根儿就没有结婚，也不想结婚。曾爷爷将三爷逐出家族，是有道理的。

但天生情种的三爷，在外面到底留下了多少情种，不消说曾爷爷或者爷爷，就是三爷自己也不见得说得清楚。那时没有什么遗产官司，那些可疑的三爷的儿子、女儿们，也就得不到“亲子鉴定”的证实。但据爷爷回忆说，确有几个酷似三爷的儿子，后来都风流潇洒，在情场上所向无敌；也确有几个酷似三爷的女儿，成为男人们为之失魂落魄、为之动刀子的对象。有时还能把谁家、谁家的名字说出来，但也就是在家里说一说，谁也不敢公开那些秘密。这就是三爷留给家族的最大财富——一种让人难以启齿的隐秘的骄傲。

三爷是爷爷的弟弟，三弟。在老兄弟几个里，是最为高大漂亮的一个，性情也最为怪异。这怪异的证明，就是：他坚决不肯结婚，但一天也离不开女人。于是，他就成为方圆几十里让男人痛恨、让女人喜欢的人。

细究起来，三爷是个不纯粹的独身主义者，一个保守的性解放者。在那个时代，这样的人不多。

他与一个小地主的老婆相好了，于是，就去给人家打长工。这个故事，有点唐寅卖身为奴的味道。不过，三爷是个粗人，识不了几个字，他给人家扛活，除了与自己的相好多在一起外，也算是一种回报方式。除了他自己的劳动力，三爷也实在没有其他的东西可以奉献。这种丧尽门风、又给家里带来直接经济损失的行为，让曾爷爷切齿痛恨，三爷因此被列入“败家子”的行列。

他挖别人家的墙角，却不把砖带回家。他在那个小地主家扛活三年，给人这添了一个壮实的劳力不说，还给人家增加了一个后备劳力——一个结实、有着三爷脸廓的儿子。那个以精明著称的小地主，也不知道是真不知道，还是装糊涂，竟然一点没有发觉的意思。尽管，村里人没有不知道的。

三爷靠漂亮的脸蛋和一身气力来博得女人的欢心。至于三爷会不会甜言蜜语，这是三爷的秘密。三爷是个忠心耿耿、全力以赴的情人，也是个讲信义的相好。

三爷死得很孤独。浪荡一生，他最后死在自己的小茅屋里，那个曾经演出过很多故事的小茅屋。茅屋四周，长着许多高大的树，有刺槐、有桑树、有楝树，也有几棵果树。这是三爷的另一个爱好：种树。那些树，仿佛就是他的子息似的。三爷去世的时候，我只有四岁，我只记得出殡时，那些高大的树木发出的呼啸的风声，还有高树下那个压抑的小茅屋。这些树与三爷的浪漫之间有无联系，也是无法考证的了。

临死前他有一个十岁的侄孙，是过继的大爷的孙子。据说，那是大伯伯看中了那片树林，才过继来继承遗产的。为了过继谁家的儿子或者孙子，曾经有过激烈的家族之争。为此，伤了很多和气，也伤了三爷的心，于是，三爷发誓谁也不要。他不需要一大群心怀鬼胎的孝子围在他的灵床前，装模作样，然后，尸骨未寒就开始为一两件衣服大打出手。大伯家的儿子过继过来，是三爷病榻上的事，大伯以为三爷服丧这样堂皇的理由，来掩盖他对那些树木的渴求。这一次，三爷没有拒绝。在三爷死后，大伯就迫不及待地拆了小屋，把那些大大小小的树一个个放倒，卖光。然后，在那片空地上，建起三间漂亮的小瓦房。

过继孩子是三爷一生中的败笔，也许，他很无奈，病床之上只能任人摆布。也许，是三爷回心转意，落拓一生，临了，还是需要一个捧牌位、祭祀他的人的。但是，到底是三爷临死时才悟到人生的真谛，觉得自己一生是个错，还是最后任人摆布，不得已而为之？我问妈妈，妈妈也说不知道。

在北凌河的河圩之上（这条河曾多次出现在诗人小海的诗中），三爷的坟是很孤独的，就像他的一生一样。据说，每年清明前后，总会有一个老太蹒跚而来，给三爷上坟。那老太没有身份和来由，家族和附近的人也没人认识。她默默而来，又默默而去。因此，每逢清明，三爷阴司的存折上，就会添上一笔收入。他的坟上也会像别人一样，非常荣耀地飘着些红纸、绿纸。后来，老太太又换成一个年轻一些的妇人，依然是默默而来，默默而去。

她们到底是谁？族人们早已分开过日子了，谁也不想过问这些事，随她们自来自去。

三爷没有白活。

张二爹

听说我从南京回来，西边的邻居张二爹就来了。看过我的胖瘦，问过南京到老家的票价，他开腔了。

“南京城大得很，我们那个时候到南京，城里头还有田呢!”

我知道，他接下去的话就要说：“我那个时候，走的地方多了！南到南京，北到安丰、盐城，东到上海，西到芜湖……”倘若再听下去，就是他做生意的种种细节了。买了多少船大米，或者黄豆，遇到新四军怎么样，遇到国民党怎么样，遇到土匪怎么样，遇到日本人怎么样。赚过多少钱，买过多少田。如遇上一般年龄的知己，还得吹一吹打麻将，一晚上赌多大输赢，打过几次花牌，嫖过多少个女人。

这是他的嗜好，逢人就得吹一吹“我们以前”。中间夹杂着几多感叹，“现在老了，不中用了!”那意思无非还是一种自我褒奖：你看，我曾经多能!

说实在的，在乡下人的眼里，他也确实能过那么一回。仗着读过几年私塾，能写写算算，便成了祝家油坊的账房先生。其实，他的算盘连乘除法都不会，只能打打加减。后来，祝家的人有的参加了共产党，有的跑到中国香港、中国台湾或者美国。那油坊，便留给了张二爹去经营，不知道是送的，还是代管的。反正，祝家人早就不知去向，从来没人来过问了。后来，祝家的地产和财产被分了，但油坊也不大好分，也就些房子、石磨、木榨机什么的。再说，大家还得吃油。于是，就听凭张二爹去经营。张二爹仅是个账房先生，没田没地的，最后给定个中农的成分，也就算了。张二爹经营起那个油坊，日子嘛过得比周围的庄稼人要好，是不用讲的。有饭吃，有钱用，至少炒菜也比别人家多放两勺油。没饭吃的人们，确实对“油坊的”一家，羡慕或妒忌得眼中冒火了。农业集体化后，张二爹的油坊也就不开了。他给社上看牛，这不是苦差事。

可是，偏偏他跟人聊天时，好吹吹自己曾经的辉煌历史。做生意，走南闯北，共产党如何，国民党如何，日本人如何，汪精卫的“和平军”如何，土匪如何，赌钱如何，喝花酒如何……这里还有许多细节和故事。比如，有一次到盐城做生意，晚上借住在一户人家。这人家有三个姑娘，他如何成功地摸上了二姑娘的床，那姑娘一声不吭，任他作为。比如，有一次坐卡车贩布到南通，路上遇到新四军的伏击，车上的人全死了，就他一个人躲在死人的下面，活了下来。再比如，他当年有一次打牌，如何一夜输掉一船黄豆或者小麦，那是何等的豪迈；还有一次，十几个生意人一起喝花酒，叫来镇上的婊子，一人怀里搂着一个……听得那些缺衣少食，娶不上老婆的贫下中农们，眼里直冒邪火。

不知怎么的，就有人说张二爹是特务。有说是日本人的特务，也有说是国民党的特务，解放后潜伏下来的。咋不是特务呢，一会儿共产党，一会儿国民党，一会儿土匪，一会儿日本人的。你要不是特务，那国民党和日本人为什么不枪毙了你？你不是特务，新四军又怎么会伏击你？再说，赌博、玩女人，这是清白好人干的事情吗？即使不是特务，至少也算个腐化分子或者流氓。

于是，不管是不是，先抓过去，审问。文攻武卫，死打一通。那些年头，张二爹可吃了不少苦头。被吊在房梁上，用柳条和木棍抽打，三九天里站水缸，至于剃阴阳头、戴纸糊的高帽子、挂大木牌子游街，或者在大会上站台子示众，这都是家常便饭。据说，有好几回，张二爹给打昏死过去，有人拿来尿壶，灌上几口尿，才醒转过来的；还有一次，被一个造反派用开水炉里的煤渣塞了个满嘴，差点没被呛死。可张二爹就像电影上的钢铁战士，一口咬得死死的，死不招供。他不承认自己是特务，也不乱供、乱咬别的人，就连赌博、吃花酒的事情，也说是自己吹牛的。

红卫兵到他家里，翻箱倒柜，挖地三尺。他们要找发报机或者金子。张二爹的一双平时舍不穿的翻毛皮鞋，脚后跟也给切了开来。他们不知是从电影上，还是哪里看来的，说是特务分子会在鞋后根里藏着微型发报机，还会一边走路，一边发报。当然，张二爹发报机是没有的。金戒指确有几个，于是，被作为战利品悉数抄去。这都是张二爹最后的一点家底子。运动过去以后，张二奶奶让张二爹去把那几只金戒指要回来，早已不知去向了。

其实，当时说他是特务，主要是因为阶级斗争的弦绷得太紧。大家看他背景复杂，不像一般种田人，便猜想他是特务，似乎也情有可原。还有一个，他当年吹的那些大天，难免惹恼了大家，让大家心生嫉妒，然后是仇恨，然后是报复。于是，大家把他稀里糊涂地给做了一通，然后再放回来。既然没有定罪，以后也就谈不上平反。他给糊里糊涂整治了一番，吃尽了苦头，差点儿命也丢了。不过，那好吹嘘的毛病却给治好了。于是，平时再也不提什么南京、上海、盐城、芜湖，更不说什么共产党、国民党、日本人和土匪的事了。即便是赌钱、吃花酒、二姑娘的风流往事，也从此绝口不提。

“文化大革命”结束了。“百足之虫，死而不僵”，张二爹又蠢蠢欲动。张二爹喜欢听人聊天，更喜欢说说自己。于是，他先是借着别人的引子，然后，开始吹一吹自己过去的光辉历史。就连“文革”挨整的这一段，也成了他吹嘘的资本。我要是当时承认了，骨头早化灰了，张二爹总结说。他为自己的坚强而倍感自豪，也为自己能够活下来而深感幸运。“大难不死，必有后福”，他又做了一个新的总结或者结论。

刚开始的时候，没听过这些往事的年轻人，还觉得有几分新鲜。渐渐地听得多了，就有些厌倦了。后来，只要一听他开口讲话，就赶紧把话岔开，或者干脆逃走。于是，在大家聊天时，他总想方设法，把话题引到自己的身上。比如，别人说某个地名，谈做生意，谈赚钱，谈麦子，他都有办法向自己身上引，然后讲述自己的故事。于是，张二爹慢慢地也就成了一个让人厌倦的“祥林嫂”了。

当然，他已经82岁了，他再不吹吹当年，还有什么呢？再说，在许多足不出户，又没读过书的种田人中间，他确实是个曾跑过不少码头，有几分见识的角色。再说，他也确实曾经拥有过油坊，做过生意，过过几年殷实而富足的好日子。这些，都是那些普通的庄户人所不能比拟的。

但现在不一样了。那些去过东北、新疆、贵州、广东，甚至去过俄罗斯、以色列、沙特阿拉伯的农民建筑工们一回来，张二爹也照例凑过去。但这时轮不到他说话了。抽着别人发的卷烟，有时还是外国的，听别人吹那些国外的见闻，他只能是听众中的一个。你见过大海轮吗？你坐过飞机吗？你坐过地铁吗？你见过千年不化的冰雪吗？你见过草原、沙漠、高山吗？你见过有一百层高、风一吹几乎都要晃一晃的摩天大楼吗？你见过狮子、大象、老虎、长颈鹿和北极熊吗？你见过白的、黑的外国娘儿们吗？没有，没有，什么都没有。

张二爹该是个好听众才对，可他有点耳背。有时，只能半懂不懂地坐那儿，夹着别人给的一支洋烟，看着别人笑，他也跟在后面笑。

秦灯甲

秦灯甲这三个字，我不知道是不是这么写。小时候，父亲的社员花名册上，见是这么写的，也就这么写了。写错了，也没有谁会在意，孤老头子秦灯甲已经死了十四年了。倘若秦灯甲还在世，也不打紧，在一堆黑豆般的汉字中，他是绝对挑不出自己的名字来的。他是文盲。长大以后，我曾怀疑父亲写了别字，“灯”可能应该为“登”。“登甲”，固然是希望，却容易与他文盲的身份，形成了某种反讽和戏谑效果。这样看来，倒还不如写成“登甲”的好。

秦灯甲住在大河西，孤身一人，似乎连亲戚也没有。后来听人说，有个兄弟，在小镇上的煤球厂拉煤，是工人，但不来往。秦灯甲是没有老婆的。据说，秦灯甲结过一次婚，没有孩子，老婆病死后，就没有再娶。我这是听队上的老人们说的。他一个人住着一间黄泥小茅屋，在四周高大的刺槐树的压迫下，小屋就像趴在泥地上的一只癞蛤蟆。小茅屋前，有个陈年的烂草堆。那些烂草的底下，是满把的红蚯蚓，红得像玉，晶莹可人。星期日钓鱼，带上小锹去挖就是了，老头子是绝对不会反对的，有点儿不高兴也没办法。

他的小茅屋，不只是矮，还小得可以。床和灶台之间的距离，绝对不超过两市尺。有一次，学校要求小学生捉地鳖虫，交到学校，再由学校卖到药铺去，算是勤工俭学。这东西一般躲在松软的虚土里，喜欢黑暗，还有脏的地方。我马上想到了秦灯甲的小茅屋，只是那屋子太黑，打上手电，果然墙角里的虚土里，满是的，不比蚯蚓少。母的大如铜钱，公的则有翅膀。还有众多小的，蚕豆大小的，玉米粒大小的，大麦粒大小的，应有尽有。正是中午时分，秦灯甲在小灶上做饭，满屋子闷烟，许是烟囱堵了，或者根本就没什么烟囱，呛得人直流泪。我挖了小半罐地鳖虫，就赶紧逃走了。这是我唯一一回走进他的小茅屋，恐怕进来的人，除我之外，也不会再多。秦灯甲呢，似乎不在乎，尽管也呛得直咳嗽，眼睛也熏得红红的。

整个夏天，秦灯甲都光着背，穿条褪色的大蓝布裤衩。头皮剃得光溜溜的，像只大土豆，在太阳下摇来晃去。他的脊背晒得像块生铁，硬硬的，黑黑的，很有质感。秦灯甲又有些驼，于是，这弧形的黑背，加上他向前伸出的肉乎乎的秃头，让他看起来，就像某种水生两栖动物。秦灯甲就这样去队上出工，别人锄地，他锄地；别人挑粪，他也挑粪，一声不吭。不偷懒，不跟人说笑，评工时也不争工分。干部们都说，秦灯甲这样的社员好，好领导。

这个时节，人们就会发现秦灯甲胸前有一条尺半来长的伤疤，像条大蜈蚣似的，张牙舞爪，趴伏在那里。这里面一定有故事。人们问他，他像牙疼似的笑笑，不说。问急了，他才说，是水牛角给挑的。解放前的时候，秦灯甲是雇农，帮着地主家放牛拉磨，一次牛惊了，就把他给挑了（南方的水牛，有长长的犄角，坚硬且锋利，剑也似的）。秦灯甲能把最有意思的故事，叙说得平淡无奇，像那些三流作家一样，弄得听众们犯困，从此没人再打听疤的故事。

秦灯甲不仅不穿上衣，夏天里，也从不烧水洗澡，许是没有澡盆吧。也有可能，是怕费了柴火。散工后，丢了农具，他就毫不犹豫地脱下他的大蓝布裤衩，就近跳到小河里洗一洗。这个时候，我们应该可以看到他表演“杂技”，也是他最拿手的活儿——扎猛子。他狠狠憋上一口气，然后捏住自己鼻子，沉入水底去。等他再露出头时，已到了河那边，站在齐腰深的水里，又是喘气，又是抹脸。这时，我们几个孩子便拍着手笑，秦灯甲也笑，是得意的笑，笑得灿烂、好看。于是，就再表演一次，钻到河这边来。再要，就不行了。就像演员那样，他要谢幕了，加唱一首歌，就算对得起观众了。他要回到那个闷热的小屋，烧自己的玉米饭去了，当然，晚上是熬玉米面粥。吃完，一个人摇着破芭蕉扇，坐在门口的小板凳上，纳凉。

冬天里，秦灯甲就穿上大棉袄、毛窝（一种用开花的茅草编织的棉草鞋，价格便宜，却非常暖和），戴一顶半新不旧的老头帽。不干活的时候，就成天把手笼在袖子里，缩着脖子晒太阳。有时候，老头帽干脆劈头盖脸拉下来，一直罩到下巴和脖子。就像电影里在敌伪的带领下，辨认地下党的叛徒，只露两只眼睛。

干不动活儿时，秦灯甲就不再出工。反正他是“五保户”，队里得养着。他不出工了，也不闲着，就到小镇上捡破烂。捡一天破烂，不比出一天工的收入差，这个道理大家都明白，只是丢不开脸面。孤老头子秦灯甲，不要嫁姑娘，不要娶媳妇，也不在乎脸面，就赚了好些钱。秦灯甲让要脸面的人们眼红。

传说，秦灯甲很有钱。但秦灯甲不建房，不请客，舍不得吃，舍不得穿，也不借人。这话题很神秘，也很诱人。父亲是队上的干部，也这么说，秦灯甲是有几个钱。父亲是会计，秦灯甲一个人，不拖家带口，每年减去粮草，年终结算得多少钱，父亲最有数。秦灯甲对此讳莫如深，就像当初他胸口上的那块疤。他把钱存在银行里，把存折塞在破鞋中、墙洞里、屋檐下。有时藏得自己也找不到了，就一个人悄悄哭哭；过些日子，又找到了，于是再悄悄哭一次，这一次是激动。一次，人们撺掇他去买肉包子吃，说："灯甲，你这么省，想过一千年么？"秦灯甲便去了街上，排队买肉包。那时买包子要排队，还要给粮票。他排队买了两个，他只舍得买两个，一毛钱一个。他带的是十块钱，回家后，找下的零钱却不知去向。不知是小偷，还是自己搞丢的。秦灯甲回来后懊悔得不行，抱怨那个撺掇他的人。大家都笑，秦灯甲破了财，他们很得意。秦灯甲当着众人面哭了。那年，他 65 岁。

秦灯甲病了，是癌症，食道癌。躺在床上，生产队派人侍候他。他说要吃包子，派人去买了四只回来，只吃了一只，就吃不下了。他的钱，可以买许许多多包子，他再活上二十年，天天吃也吃不完。这时，天上掉下了娘家侄子，说要接秦灯甲去自己家养病。队里开会讨论，有人说，不行，这家伙是冲着秦灯甲的存款来的。秦灯甲是队上的人，他的钱是大家的。队长问，那么谁侍候秦灯甲。大家不语。队上给记 10 分工一天，一个壮劳力的工分，也没有人愿干这份差事。秦灯甲脏，大家又怕传染（其实，食道癌并不会传染）。

秦灯甲到底让娘家侄子用担架接走了。三个月后，秦灯甲死了。直到咽气，娘家侄子苦口婆心、想尽办法，到底也没套出他有多少存折，又放在哪里。那一定是很费了一点心思的。

秦灯甲的存折数目是从镇上的信用社里查出来的，一共是 3 千 2 块钱。这在当时，不是个小数目，可以建两座带院子的小瓦房，四开间的。秦灯甲怎么不声不响，攒下这么一大笔钱？秦灯甲一辈子夏天不穿衣服，不烧热水洗澡，不吃包子，不养儿育女，又没人情项礼，也才省下这么点钱，大家又不觉得多了。

秦灯甲的钱一半给了队里，一半给了那个娘家侄子。他披麻戴孝，把秦灯甲葬了，就像是儿子一样。那天，全队人都去他家吃了斋饭。回来后好多天，大家还在议论，那菜办得好，侄子也孝顺，秦灯甲真好福气。

年　宝

苏北乡下人的习惯，把大凡正月初一这一天出生的男孩，取名叫做年宝。因此，一个村子里，总少不得有几个叫年宝的。只是这些年宝的辈分不同，有爷爷辈的，有叔叔辈的，当然也有侄子、孙子辈的。这无伤大雅，乡土习俗所允许的。

当然，叫年宝的人也不会太多，就那么几个。因为要在大年初一出世，也不那么容易。据说，在正月初一出世的人，是有福的人。一年365天，单选那么个热闹的日子降临，你能说不是一种异兆和福分的体现么？

我所要说的这个年宝，住在离村子大约三里地的小镇上。他一个人独居，是个老光棍儿。据说，他是秦灯甲的兄弟。不过，到底是哥哥，还是弟弟，大家谁也搞不清楚。秦灯甲也是个光棍儿。既然年宝是秦灯甲的兄弟，那么，他大概也姓秦了。他们虽说是兄弟，却像陌路人似的，四时八节的，从没人见过他们有过什么往来。

在乡下，习惯了把小集镇上那些吃公家饭的人们，叫做街上人。民谚：“一世修不到个城脚根，二世修不到粮公所，三世修不到个供销社。”这表达了乡下人的全部惆怅与羡慕。三伏天，正是天气最热、乡下最忙的时候，城里的女人们打一把精巧的黑阳伞（注：也许，应该叫做“洋伞”，它用钢丝做成伞骨，比较轻巧；区别于用竹片做伞骨的粗重而笨大的油布伞，后者是本土的物品。至于写作“阳伞”，则又难免有些望文生义；难道“阳伞”，就不能当作“雨伞”用吗?)，在青石板的街道上，不慌不忙地向前走。她们穿着裙子，长得不胖不瘦，脖子又白又长；如果穿着短袖，还会露出那白得像藕段似的胳膊。还有一点，不管老少，你都不大看得出她们的真实年龄来。在她们打你身边经过的时候，你总会闻到一股淡淡的女人的香味，不知道是香皂打出来的，还是香水洒出来的。城里的男人们，则在头上顶块湿毛巾，手里托着个西瓜，趿着一双软软的海绵拖鞋，也在那街道上不慌不忙地，趿拉着，慢悠悠地前行。这多半是不太讲究的，属于街上人的下层吧。那些有些身份的男人，则会戴一顶精致的凉帽，或者也打着一把阳伞。他们从街上走过的时候，很有风度，脚步的快慢，以及步伐的大小都把握得极有分寸。下午，太阳偏西，就摆出小饭桌，凉榻。啃着井水浸过的西瓜，或者田里刚出的新嫩玉米棒棒，纳凉了。而那西瓜肯定是透着凉气和甜气的，棒棒呢，则透着一股新鲜玉米的特别甜香味儿。这都让乡下人眼热了几辈子。

秦年宝，也是街上人。城镇户口，吃商品粮，拿固定工资的。不过，他就一点也不让乡下人羡慕。何止不羡慕，他简直就是街上人的耻辱和败类，属于应该丢弃的垃圾和废品之类。

年宝是镇上煤球厂的一名工人。夏天的时候，他头上也顶着一条湿毛巾，不过，又脏又黑。用乡下人的话说，像是从狗屁眼里拖出来的。他光着个乌龟壳似的黑背，低着头，弓着身子，在阳光下，拉着一辆平板车，一车一车地，拉进拉出。当然，他拉进去的是煤炭，那是原料；而拉出来的，则是成品的煤球了。年宝就像一只忙碌的黑蚂蚁，或者蜂房里的工蜂。他每天进进出出的，忙得让人莫名其妙，仿佛天底下的苦活、脏活都是他一个人干的。年宝，实在是街上人里最下等的一个，一个吃商品粮的苦力。

那家煤球厂的煤球，都是那些女工们用手工制作的。生产煤饼是后来的事情，那时，有了煤饼机。属于机械化作业了，而煤饼比煤球更为方便和好用，煤球也就慢慢地被淘汰了。先由几个男工，把那些煤块放入粉碎机里，变成煤屑，从出口里流出来，流到箩筐里。然后，由几个男工把这些箩筐用扁担抬来，或者用平板车拉来女工车间。于是，那些女工们把这些碎煤屑子，倒进一只大缸里，按一定比例配上木屑和泥土。或许，还有少量的硫磺，起助燃作用的。最后，加入自来水，用棍棒或铁锹调搅拌成稠稠的糊状。那些女工们，就用手把它们给搓成比元宵略大一点的煤球。这些煤球，并没有想象的那么圆，而是呈扁平状，大概是为了充分燃烧吧。这些煤球被摊晒在煤球厂的院子里，慢慢地干透了，就成了它的主要产品。

它们被运往各个销售点，按计划供应，成为城镇居民们烧火做饭的主要燃料。至于乡下人，是没有权利购买这些煤球的，再说也不需要。乡下人有的是棉花秸、玉米秸、黄豆秆、油菜秆、稻草、麦草、芦苇、茅草、树枝之类，根本用不着费钱买这劳什子。你不卖给我，我还不想要呢。而那些街上人呢，煤球却往往不够用，于是，乡下人就把那些好一点儿的“硬草”（树枝、棉花秸一类，属于“硬草”；稻草、麦草之类属于“软草”）挑到街上，卖给街上人，作他们的贴补之用。而乡下人得了钱，也正好作自己的那份贴补。于是，在乡村和城镇结合部的某个桥头，或者某个偏僻的巷子里，就形成了所谓的“草市”。它似乎并不那么合法，但也没有人来管它。

那些煤球厂的男工和女工们，跟这个破旧的煤球厂很相似，他们有着同样的颜色和形状。他们的工作服，是蓝色的劳动布做的，坚硬，粗糙，因为褪色，有些泛白。而那些白的地方，因为又呈现出煤的颜色，它们其实是黑的。至于他们的脸，也往往眼睛不是眼睛，鼻子不是鼻子的，就像跟灶老爷送过香似的。他们的皮肤，本来就不白皙，再在无意中涂抹上煤块的黑色，你可以想象，那是什么样子。就是他们流出来的汗，也似乎是黑的。据说，分配到这里工作的这些人，有这么几种情况：家庭成分不太好的，文化水平比较低的，没有什么社会关系和家庭背景的，要不就是在单位得罪了领导的。镇上比较好的单位，自然要数供销社、粮管所、信用社等单位，更不用说镇政府、文化站、广播站了。街上人所从事的低劣工种，还有建筑站、环卫所，它们与煤球厂不相上下。环卫所专管扫大街、运垃圾和掏大粪，他们的活计，比起乡下人来也好不到哪里去。

在那个环境里，年宝似乎并不比别人更特别。只不过，他的衣服更破旧，他的腰弯得更厉害，他脸上表情和神色呈现更多的悲苦和胆怯。他总是被所有人支使着，去干最多、最苦、最累的活儿。除了凄苦而顺从地看你一眼，就是低下头去，像牛马一样地干活了。年宝，在这个被人们鄙视和遗弃的地方，也是最等而下之的。

下了班，年宝就挎上两只竹编的大篮子去拾荒(捡垃圾)。那两只竹篮子，差不多有到他的腰部那么高，实在是大得有些夸张。于是，年宝像秋天的风一样，开始横扫大街小巷的每一个角落。废纸片、碎玻璃、肉骨头、破布、烂棉絮、旧胶鞋，他什么都要。它们都是他的亲娘宝贝。说真的，除了有个城镇户口，年宝哪里也不像街上人。街上人是干干净净的，享福的，过着神仙般的悠闲和快乐日子的。他何止是不像街上人，他甚至连那些贫穷的乡下人也不如。于是，乡下人觉得，年宝简直糟蹋了自己这街头上人的身份和头衔。他们有些幸灾乐祸，又有些觉得可惜了。继而，因为嫉妒又生出几分愤愤不平——年宝这样的人，也是城镇户口，街上人，拿着固定工资，吃着商品粮，退休有保障，老子为什么要低人一等，在乡下吃辛受苦？他们几乎要像屈原一样，发出几句“天问”和“离骚”了。但他们终于不是屈原，写不出楚辞来，但他们有自己的民俗文化。于是，乡下人就便给年宝取了一个绰号，叫他做“呆年宝”。这种有福不享的人，不是呆子，又是什么？但是，年宝到底呆不呆，没有人知道，也没有人去细细考察。反正，谁也没有看见年宝发呆，做过什么呆事，送谁什么东西；在任何场合，也没有说过半句呆话。

年宝除了作为一名正式工在煤球厂上班，下班后，就去捡破烂之外，还有两个重要的社会兼职。一个是讨饭，另一个是“帮闲”。到了过年的时候，煤球厂里放假，年宝就到乡下去讨饭。是不是乡下人比街上人更富有，反倒去接济街上人，这倒不见得。乡下人本性淳厚、质朴，特爱怜贫济困，这是真的。大年初一早晨，年宝就带上被乡下人叫作“快板”的家什，背着一只大布口袋，出发到乡下去了。等乡下人开门，放鞭炮，吃早茶的时候，年宝已经出现在他们的堂屋门口。其实，所谓的“快板”，就是用细麻绳或布绳子穿在一起的两个厚竹片，相互呱哒时，会发出清脆的响声。说快板书时，用的就是那个东西，只不过是用红布系在一起的。那个大布口袋，则是放馒头、糕点什么用的。无论白馒头，黑馒头（元麦面粉做的），大馒头，小馒头，年宝全要。那只大布口袋里，还装有一只小布口袋，就是年宝平日里到粮公所买米的那只，专装乡下人给的玉米糁、小麦面粉、白米什么的。他把它们全装在一块，回家一锅里熬煮。也有给钱的人家，5分钱，2分钱，1分钱，年宝全要。也有给一角、两角的，那就是“大财主”了，极不常见的。那年头，加上2两粮票，1角钱可以买两只又黄又香的烧饼，或者猪肉和萝卜丝馅儿的包子。乡下的劳动日，也就几毛钱，难得有人有那么大的出手。有些小气的，或者家境不富裕的人家，即使是给白米和玉米糁，也是用手给抓上一把，放到他的口袋里。他们绝不会用瓢或者碗去撮的，那样，没有数。有时候，还不是大人去抓，而是让小孩子去木桶或者缸里里抓上一把，给他。他们担心，大人的手大，费了米、面。

但不管是跑到那一家的门口，年宝总是有收获的。一个馒头，一把糁，一把米，几分钱……乡下人自己受穷惯了，知道穷的苦楚。有人伸手，不作兴一点不给的。就是平时日里，讨饭花子到了门口，也是不肯随便就打发走的，别说是大过年的。记得每年过年，父亲和母亲总要准备上一些硬币，放在柜子的抽屉里，留着施舍。如果没有那么多硬币，就到大队的代销点里去兑换。那个年头，乞丐是非常多的。安徽凤阳的，江苏兴化的，也有本地的。平时还算好一些，在过年的时候，简直是一拨一拨的，像流水一般。唱道琴的，打快板的，吹笛子的，拉二胡的，也有什么道具也没有，只是摊开两只手来，“好爷爷，好奶奶”接二连三地喊着的。更有出奇的，拿着公社或者大队里的证明信，说明着需要乞讨的理由，还盖着大红的印章，也不知是真的，还是假的。这个时节，干部和民兵们有意放松了一些，不怎么去管了，乞讨的人自然也就多了。他们的理由几乎是千篇一律的，一般不是遭了水灾、旱灾，就是家里面死人、失火的。其实，也没有人很在乎他们的理由，人都到了门口了，还需要什么更好的理由和解释呢?

年宝也不白拿东西，总要好爷爷、好奶奶的，讲上一大堆吉利话和喜庆话。比如，“恭喜发财”“吉星高照”“来年大发”，等等，都是些套话。有时，还会唱一些歌谣，这往往是讲那些俗套的恭喜话不灵验的时候。其实，人们是在逗他，在等他唱歌谣呢。年宝自然知道，这其中的意思，于是就粗着嗓子，说唱开了。他说唱的有，“财神佬，摇摇头；上江南，买木头；回家起高楼……”，“东房里是金，西房里是银，堂屋里放着个聚宝盆”，等等。每每说唱的时候，还要打着快板，就是那用细麻绳或布绳子（红绸子是文艺宣传队用的，讨饭花子可没那份考究和做派）系在一起的两块竹片了。这时，年宝就会获得掌声和笑声。当然，也少不了物质的馈赠和奖励了。

真的，每每听到这些，乡下人总会露出难得的笑脸，云开雾散，仿佛真像年宝说的那样了。除了赶紧拿东西，还要道谢，“托福，托福”，或者“托你的吉言”。至于财神佬（财神爷），为什么要摇头，而不是点头？买木头，为什么要到江南，而不是到林木茂密的东三省、西南三省或者东南亚？这些匪夷所思的事，就没有人去深究了。

据说，年宝的这种乞讨方法，又叫送“福”字。最正宗的做法，是印上一叠子大红的“福”字，一家家送去。而接了“福”字的人（这有个名头，叫“接福”），则要给送福人一些钱，或者馒头、糖果之类物品。出手过小，是不行的。毕竟，这是有“成本”的呀。至于年宝呢，他的“福”字往往通过语言来送的。不过，有的时候，他也真的会印上一叠“福”字，一家一家送去的。这种情况不多。他是低成本运作，不过，回报也少。如果要获得更大回报，只有用上唱谣曲的方法。那些送“福”字的人，一般是不说话，即使说话，也只是一些恭喜话，谣曲是绝对不唱的。不知是不会呢，还是没有这个规矩。在乞讨这件事上，年宝是个有些创造性、甚至是一个有点艺术天赋的人。

帮闲，就是逢到街上或乡下有人家做红白喜事，年宝就去帮忙。不过，从根底上来说，这不能叫“帮忙”。人家邀请过去的，那是叫帮忙；像年宝这样的，不请自来，只是为了蹭几顿饱饭吃的人，只能叫帮闲。一般来说，搬桌子、摆凳、洗碗，这些活是不要年宝这样的人干的，这还是粗活；更不用说，摆放碗碟勺筷、倒水、拿烟、端菜那些细活儿了。大家恶嫌他，他那身衣服和嘴脸，实在太脏了，也太丑了。年宝的主要职事是烧锅，这个事儿冬天还可以，还能稍带取暖；若是夏天，则是又热又脏。因此，年宝常常是满脸的黑灰，弄得像个“灶老爷”似的，滑稽可笑得很。不过，年宝从不挑拣，有活干、有饭吃就行。有人打趣他说：“年宝，你一个街上人，还跑乡下来给人帮忙，不丢面子嘛！”年宝便嗫嚅了，没有了过年时候说快板时的顺溜，低下头去，有些害羞，脸似乎也红了。不过，他实在太黑了，也看不出脸是不是真的红了。于是，他憋了好半天，挤出了几个断断续续的单词和短语：“我，我，肚子大，不够吃。”这一点，似乎能得到一些证明。有一次，一户人家做寿，年宝一下子吃了三大碗龙须面，一大碗干米饭，一大碗肥肉，一大碗杂菜汤。这都是隔壁陈二妈亲眼数过的。陈二妈那天在帮忙洗碗、端菜，那饭还是陈二妈盛给他的呢。年宝如果有机会参加世界比吃大赛，一定不会输给别人。

后来，我到镇上读中学，就可以经常看见年宝了。他家就住在中学的西边，隔着癞蛤蟆也跳得过去的一条小河。那条小河里，除了漂着一些绿色的秧花外，还有纸片、塑料瓶儿什么的。因为年宝的怪僻，吸引了几个文学爱好者。他们便不顾掉进脏水沟去的危险，跳过小河去，观察年宝的住处和日常生活，好积累写作素材。据说，年宝家的周围，就像是一个垃圾场，或者说垃圾堆，一股子臭气；而他的小屋，又小又矮，狗都爬得上屋顶去。有人大胆地推开他的门，屋子里面却黑得什么也看不见，大家后悔没有带火柴或者手电过来。不过，大家推测，那屋子里的东西，大概也与破烂有些关系。至多，是一些更为高级一些的破烂而已。

这时候的年宝，已经从煤球厂退休了。于是，他的主业就是捡破烂了。而中学，就是年宝“淘金”的主要场所。这里，不仅有破纸、旧书，还有学生扔到垃圾堆里的旧鞋、破衣服，没有比这更得天独厚的条件了。如是，谁还需要大街小巷的去乱窜，耗费体力和精力呢。还有一样重要资源，是你绝对想不到的。每天早晨、中午、晚上，大凡学校开饭时间，就会看到年宝，弓着腰，拎着也的那两只大得有些夸张的竹篮子，像只大龙虾似的来了。我不知道，那腰是不是往年弓身拉车留下的残疾，还是年纪大了的缘故。他的腰，从S型，到像阿拉伯数字的“7”，不过，上面的一横要更长一些。也不知道，在他这一辈子中，有没有“1”字型的时候。大家在课文上学到了“Larbst”(龙虾)这个词，觉得这与年宝的外形实在太像了。于是，年宝就有了一个英文的绰号。但他们并不好好地用英文喊他，而是喊成“拉薄屎的”，或者“老不死的”。这些，正好是英语单词“龙虾”的中文谐音。

学生们分饭和吃饭的时候，年宝就远远地站着，他紧盯着那只木制的饭桶，就像一只蛤蟆紧盯着他的猎物。再看那架势，他似乎恨不能变成一只绿头苍蝇，轻轻一飞，就停到那只饭桶上。只要学生们吃饭一结束，他就弓着腰，伸长着脖子，冲到饭桶旁来。如果桶里还有剩饭剩粥，他就让学生用勺子刮给他，他身上总是带着一只大号的搪瓷盆，那是他的饭盆。说夸张点，那哪里饭盆呀，简直有人家的洗脸盆那么大。有时候，他看到水池以及下水道里有学生们倒掉的剩饭、小半块馒头或者肥肉片什么的，他就用手一一捞起，放到他的饭盆里。那肥肉片，放水笼头上用水冲一冲，也就放到嘴里，立时吃下去了。可年宝却从不生病，这真是奇迹。

在年宝所经过的地方，几乎不存在真正没用的废物。只要有一点儿用的东西，他都会捡起来，放到他的那两只大篮子里。其实，叫年宝“龙虾”是不确切的，这仅是形似而已；从本质上来看，应该叫他“清道夫”，一种海底里的鱼，黑黑的，小小的，毫不起眼。与那些漂亮的观赏鱼比起来，它们不只是太过平凡，甚至有些丑陋。在鱼缸里面，它们生活在最底层，是以食用别人制造的垃圾和粪便为生的。而它们的全部价值和意义，似乎也就在这里。

有人以为年宝会偷东西。因此，每次他从学生宿舍门前过，总会多了几双警惕的眼睛。可是，“老龙虾”年宝，伸长着脖子，弓着腰，只看地面，从来目不旁视。偶尔有女学生洗的手帕，从晾衣绳上掉到地下，他就大叫起来，让人来捡。他自己从来不捡，他知道自己手脏。有一次，年宝立了大功。他看到学校一个水泥涵洞里有一些稻草，就去捡。他平时也捡拾树枝、干草的，煤是要钱买的，虽然他在煤球厂上班。他在家里做饭，一般都用捡来的树枝、树叶，卖不掉的破布鞋底什么的。哪知道，那稻草的下面，竟然藏着几大扎白酒。于是，年宝就大叫起来，引来了学校保卫科的人。后来调查清楚，这是学校的一个学生盗窃团伙干的。年宝只捡破烂，从来不偷的。他捡吃的，甚至包括学生扔掉的西瓜皮，他也会捡起来，啃上几口；捡穿的，他头上的帽子，身上的衣服，脚上有破套鞋、旧皮鞋、脏凉鞋、烂拖鞋，全是捡的。因此，你看他穿一件小伙子的红运动衫，左脚上穿一只军黄色球鞋，右脚穿插一只白球鞋，就千万不要奇怪了。

年宝的反常，也引起了一些学生的怀疑和大胆猜测。有人认为，年宝肯定是台湾或者美国的潜伏特务。这大概是看《红岩》或者反特故事片看多了。如果年宝是特务，那他真可以评上世界上最出色的间谍了。可惜，这个平静的海边小镇，确实不需要这么一个大间谍。

年宝拾荒，可以说是不知日夜，不知疲倦。有时，月亮升起来了，深更半夜了，他还拎着他破旧的大篮子，呆在街上，或彳亍而行，或踯躅着。像个夜行的鬼似的，常会把那些赶夜路的人，吓个半死。

据说，年宝还吃死的动物。那些病死的或者莫名死去的死猪、死羊、死鸡、死鸭，乡下人就会埋到地下或者扔到河里的，自己也是不放心吃的。年宝只要听说了，或者看到了，就会把它们挖回来或者捞上来。然后，把它们运回家去，用盐腌渍一下，就煮着吃了。他的这个习惯，与他乡下的兄弟秦灯甲是一样的。他们像动物界的豺狗一样，都是一些食腐者。

就这样，年宝是不是攒下了一大笔钱？谁也不知道。他说他没有钱，都让自己给吃下去了，从小镇上到乡下，谁也不信。不信归不信，年宝也不是国家干部，纪委也不好去查他的收入。“老龙虾”年宝就在小镇上这样活着——默默无闻，又引人注目。

我大学毕业的那年冬天，从朋友家喝完酒，一个人走回学校的宿舍。那时，已是夜半时分，街道上空荡荡的，只回荡着我的脚步声。我本来就有几分害怕，忽然，我听一阵凄惨的哭声，像是从地底下发出来的。那声音悠长而凄厉，远听着像狗在哭。乡下人认为，狗遇上鬼以后，就会哭号。每次，在夜深时听到狗的这种声音，每每让人毛骨悚然。再走近一些，我听得更明白一些，像妇人在歌哭，似乎还在数念着什么。走得更近一些，我才听清了，在歌哭和诉说之中，还夹杂着恶毒的咒骂：“……打枪毙的，杀头的，剐刀的……呜呜呜，晒脚丫的，捣马叉的……呜呜呜，短命鬼，走路磕死的，过河淹死的……呜呜呜，偷了我卖破烂的300块钱哪……呜呜呜……”后来，又听到“啪啪啪”抽耳刮子的声音，“你个不死的，你昏了头，你把钱不收好，让短命的听见了，落进眼了。你个老不死……”“啪啪啪”，又是一连串的扇耳光声音。

我毛骨悚然，小心翼翼地走上去。借着昏暗的路灯，我终于看明白，在十字街的老百货公司门廊下的阴影里，有一个人像一只狗一样蹲在那里。他的身旁，放着两只大竹篮子。这人，正是年宝。

我壮着胆子，上前问他为什么还不回家。原来，他少掉了300元钱。

到底是被人偷掉的，还是自己弄丢的，或者自己藏得找不着了，他其实也说不那么清楚。但是，他一口咬定是人偷的。300 元钱不是个小数目。那时候，我每月只拿八十多元钱，饭也不够吃，也没钱周济他。于是，我劝慰了他几句，就走了。其实，他根本也不认识我是谁。

真的，那歌哭的声音，一直留在我的耳际。以至很多年后，我一想到年宝，我就仿佛听到他深夜的歌哭之声；这歌哭之声，与他早年在乡下送“福”字时，唱的歌谣，重叠在一起。除了这声音，还有他的形状，他像狗一样蹲在百货公司门廊阴影下；而这形状，又与送“福”字时，面无表情念唱歌谣时的形状，同样叠影在一起。那时，他还更年轻一些，他的腰背还是“S”型的。这像音乐中的和弦，又像是电影里的蒙太奇。所谓地狱一般的人间，也许就是如此吧。

年宝这辈子，似乎也交过几次好运。最著名的一次，是年宝 50 岁那年。一个三十来岁的女人，带着一个小男孩逃到镇上，不知怎么的，就跑到了年宝家。说是南乡的，叫桂香，是跟丈夫吵架后跑出来的。丈夫嫖女人，逼她离婚，不离就要杀她和孩子。年宝鬼使神差地把女人留下了。有人说：“年宝，你也半截子下土的人了。现在，捡个女人，还有个孩子，将来死了，还有个摔盆子、烧纸钱的人。”年宝不置可否，但女人和孩子却留下了。一留就是两个月，那女人为年宝洗衣做饭，确实，也像个过日子的。年宝上班，回来也不捡破烂，也不去帮闲，就陪孩子玩。可两个月后的一天，年宝下班回来，桂香不见了，孩子也不见了。锅里的饭还焖着，菜锅还在“咕咚、咕咚”地响呢。秦年宝一身冷汗，赶紧去摸塞在床底下一双破棉鞋里的 800 元钱。钱，不见了。那钱，他曾经在女人面前炫耀过，作为自己能够养活她和孩子的保障。到邻居家找，也没有女人和孩子的影子。邻居说，一会工夫前，看见桂香抱着小孩出门了。年宝追出去，东南西北，大路朝天，哪知去了哪里？捡来的老婆、孩子丢了，还丢800元钱。年宝一个星期没去上班，没去捡破烂，也没去乡下帮闲。一个星期之后，年宝才算一切照常。但人老了十岁，瘦了几圈。

年宝死了。不过，这是早晚的事。他死在一个三伏天，夏天里最热的那些日子里。他死在他的小屋里。三天了，尸体都发了臭，成群结队的苍蝇，在他的门前聚集，到处乱飞，这才引起邻居们的注意。几乎没人知道他多大岁数，这也不重要。煤球厂还算厚道，以退休职工的待遇，给他开了简单的追悼会。他的兄弟秦灯甲，死在了他的前面。如果不是这样，从不往来的那个叫秦灯甲的兄弟会不会来吊唁，也是一个疑问。这就像秦灯甲当年去世，年宝有没有去吊唁一样，这是一个没人说得清的悬案。因此，在年宝的追悼会上，没有一个他的亲人或者亲戚，除了他从前的同事以及几个邻居之外。年宝还算幸运，他死的时候，煤球厂还没有倒闭；如果再晚几年，连给他开追悼会的人也都没有了。

他火葬后不到一个星期，那几间破房子就给人扒了，盖起了三层的小别墅。在镇上，寸土寸金，年宝那块住宅地，早给一些人看上了。于是，就有人先下手为强了。

小镇上的女人责骂不争气的丈夫或者孩子，最狠的一句话就是："你还不如呆年宝呢！"被骂的人，丈夫往往会愤愤然，孩子也会惭愧而惊愕。在小镇上，这是最恶毒的骂人话。因为，它是对一个人价值的最大贬抑和蔑视。

年宝是不是留下了一大笔钱，是不是用坛子埋在那座老房子的下面？这是让人费猜的一个谜。至少，那位先下手为强的人赌咒发誓地声明，他可是没有看到年宝的一分钱。不过，大家也懒得去猜测了。就这么个人，在娘胎里，像豆芽一样倦着个身子，被生了下来；到后来，还是像豆芽一样倦着个身子，死在那张破草席上。所有差别只是，刚生下时，是一根鲜嫩的豆芽；死的时候，却是一根腐烂了的。他也算来世上走了一遭。也没有多少人了解他的历史，就好像他生下来，就在小镇以及附近的乡下，拉煤球、捡破烂、乞讨、帮闲似的。大家最多只是有了一些莫名的感慨，这么一个人，这么样的一辈子。然后，就什么也不想，该上班的上班，该吃饭的吃饭，该喝酒的喝酒，该打牌的打牌。日子，并不会因为一个叫秦年宝的人而改变。他的生，以及他的死，都不能改变这些。

在苏北的乡下以及小镇上，那些大凡叫年宝的人，一般都是大年初一出生的。秦年宝，似乎也不例外。

据说，在这一天出生的人，是有福的。

杨九河

杨九河的名声比乡长还响。你去询问四乡八邻，有不知道乡长名字的，不奇怪；但不知道有个叫杨九河的，不多。

你要以为杨九河是个什么人物，那就错了。他是一个乡下老头，瘦干巴巴的，像咸鱼干一样。胡子拉碴，似乎从不剃刮，它们与头发一样，均已经花白了。你在路上碰上他，绝对不会多看两眼的。就这么一个人。

杨九河首先以“酒鬼”而得名。因此，我总怀疑他的名字是“杨酒河”的谐音。他酒不仅喝得多，且每喝必醉，醉了必闹。不闹别的，就躺卧在马路中央，睡觉。汽车开到跟前，见有个老头蜷在路中央，就揿喇叭，不理。司机便打方向盘，想从旁边开过去。杨九河可没睡，他醉眼蒙眬中，看到车要打旁边过，就像条游蛇似的，扭滚过去。这真亏得他那老身子，还有那份灵活劲。汽车想从左边过，他向左边扭滚；汽车想从右边过，他向右边扭滚。司机无奈，喇叭揿得天响，小汗直流，但就是不敢开过去。杨九河呢，却发出了有意无意的鼾声。这时，早围上了一群镇上的闲人或者过路人，知道这就是大名鼎鼎的杨九河了。于是，看客们全都哈哈大笑，像看一出极好的戏。但政府、公安、交通，谁也不敢管他，不想管，懒得管，一个酒鬼，一个须发半白的醉老头，你怎么下手管？再说，满身灰尘，满嘴酒气，拉也拉不上手。说不定，还会吐你一脸一身；这倒还是小事，如果你拉他的那工夫，他扭折了胳膊，或者一口气上不来，谁又担当得起？于是，也就没有人去管了。哪个司机摊上了他，只能自认倒霉。不过，磨蹭上一会儿，他也就爬起来了，灰尘也不掸一下，面无表情，旁若无人的，自去了。甩下一片声的欢笑和掌声，在自己的身后。那司机也就叹一口气，摇摇头，打开车门，跳上车，点火，加油，在人们的轻谑声中，也自去了。在平淡、贫穷和沉闷的生活背景中，杨九河给大家带来了节日般的感觉，就像阴冷的冬日，从厚厚的云隙间，突然透出的那点温暖的阳光似的。

杨九河还是个小偷，一个名副其实的小偷——小偷小摸，顺手牵羊。比如，谁家的钉耙、锄头、水桶、小板凳，放在门外或者打谷场上忘记收了，他便帮你收去。第二天，顺便卖给某一个人，都是周围农户。彼此之间，有相识的，也有不相识的。价钱极便宜，几十块钱一副水桶，只收几块钱；在铁匠铺里要几块钱的钉耙、锄头，只要几毛钱。总之，够买二两花生米，四两大麦烧就行。也就有人买，大家都知道是偷来的。大家给他点钱，差不多算是施舍。等谁家吵骂起来，就知道谁家短了东西了。若是小东西，就让小孩送去；若是大的，便让孩子去叫一声。大家都会意，知道谁拿的，也不追究，就问花了多少钱。如果是小孩送来的，小孩就传父母的话，说花了多少钱，也就如数还上，由小孩把钱带回。于是，丢东西的就欠下一份情，但也不免下次自家丢了东西，说不准就卖到这家来，再还情也容易。只是从此睡觉之前，要小心一些，务必“坚壁清野”起来。因此，常有杨九河把东家的板凳卖给西家邻居，又把西家邻居的锄头卖给东家的。在那买东西的人中，也有贪小便宜的，买了杨九河的“脏物”，便藏起来，失主叫骂起来，也不还去。那也没问题，失主就去找杨九河。一个村子姓杨的居多，杨九河少不得是个长辈，失主便他叔、他爷的称呼一通，然后直奔主题。杨九河便嘿嘿了，有点像不好意思，又有点像卖关子。于是，那作为失主的他侄、他孙，便摸出1块、2块，3毛、5毛的“酒钱”来。钱数的多少，自然是视物品的价值大小。杨九河接过钱，笑了，立马就说，卖给某家、某人了。于是，上门取东西的人与打算昧下脏物的人，少不得一顿好吵，骂得最刻毒的一句话，你还不如杨九河哩！当然，东西终究还是得拿出来，不然就会闹到大队干部那里去的。大家心里都明白，杨九河是个酒鬼，小偷，但从不说谎。那想昧下东西的人家，只能自认倒霉，丢了面子，挨了骂，又损失了买脏物的钱。杨九河从来可是不退钱的。

有时候，人们坚壁清野得厉害，杨九河久不得手，也会把手伸进人家鸡窝里，掏几只鸡蛋，或者干脆摸一只老母鸡去。老母鸡上市场，好卖得很，因此，不卖周围的人。第二天清早，便塞进布袋里，晃晃悠悠，背着上街卖去，中午就会有一顿好酒了。有的人家发现得早，骑着自行车追去。也有在路上追上的，也有在市场上堵住的，杨九河不吵不闹，交还了了事。这一般是不会给钱的，乡下人时间金贵，费了时间，心中便有些生气。杨九河便有些失落。因此，偷鸡摸蛋，杨九河一般不干这事，除非实在憋得急了。

杨九河似乎也有儿女，但只给他一些“粮草钱”（生活费或养老费，这是乡下子女们的“法定”义务），但这里面是不包含酒钱的。因此，杨九河就得自己为自己“打食”，干点小偷小摸的事，也算是自食其力，自力更生了。

据说，杨九河年轻时可是个人物。年轻时，他在上海当兵，好像是一个国民党少校的勤务兵。或许是惦记他那年轻的老婆，或者他的那几亩薄地了。这两样东西，都要耕耘，才会有收获的。一天，他偷了少校的一身军服，开了小差，溜回苏北来了。一路上，他端着少校的架子，那些岗哨们，都恭恭敬敬地向他行礼。杨九河，风风光光回到家，老婆在，地也在。可是，不敢再回上海去了，他怕少校会枪毙了他。于是，他不穿那身衣服了，就把它们藏了起来，老老实实陪着老婆，生儿育女，种地过日子。他觉得这样过日子挺好，他真的怕当兵。可是，杨九河后来又连续给抓了两次丁。不过，都给他巧妙地逃脱了回来。他的伎俩很简单。新兵操练，教官让立正，他齐步走；叫稍歇，他立正；喊向右转，他向左转。教官想，这人脑子少根筋，便在他屁股上狠踹一脚，赶他回去了事。杨九河，可爱的“好兵帅克”，也便溜之大吉了。如是者二。

到了“文化大革命”，一些造反派为了立功，报告公社革委会说，杨九河当过反动军官，是肃反漏网分子。那时候，穷人多，地主少，反动分子也不多，造反派们正愁没斗争对象。杨九河为自己分辩，说那是抖活哩，谁也不听。你不是反动军官，至少是反动士兵，再说，你没事穿军官的衣服干什么。杨九河解释说，那是为了充大，为了装门面，为了方便开小差。不然，一路上都有岗哨检查，没有通行证，也没有路条，怎么逃得回来呢？哪有人听他的分说，给狠斗了几场，还给判了刑，送去劳动教养。毕竟，谁也不能证明，杨九河没当过反动军官。再说，那年头，谁又能证明呢。反正穿着少校军服，衣锦还乡的杨九河，不管真假，确是许多人曾亲眼目睹的。那时，也着实让人艳羡、眼热了好一阵子。

既然认定是国民党军官，便认定他有金子。即使就是勤务兵，你偷得了少校的军服，就偷不了他的金条、金砖什么的？国民党军官贪污腐败，这是出了名的。杨九河从上海开小差回来，就一直有人传说，他在家里藏着好几根金条呢。于是，抄家。可是，什么也没有。除了杨九河老婆一只不足二钱的小戒指，是她日日夜夜结网，给自己攒下的。于是，抄了去。杨九河的老婆，呼天抢地一通，埋怨一通，也终究没有什么办法。

杨九河从狱里放了出来，似乎有些冤枉，但也没人给他平反。老婆又埋怨受他的连累，耿耿于怀于自己的戒指。于是，他去找当年抄家的人，追索那枚戒指。有说没看见过那东西的，有说上缴公社了的，也有说被某某头头拿去了，反正东西是不知去向。杨九河，只得垂头丧气，空手而回。为了平反的事，他上访了几回，也没人理会他。他说自己是冤枉的，人家就说，案子不是我们办的，我们哪知道你是不是冤枉。那当年办他案子的造反派，有的自己也进了监狱，据说是什么“三种人”。杨九河找谁算账、平反去？慢慢地，他自己也就心冷了，从此不再追究。

后来，也不知打什么时候，庄稼人杨九河便成了一个酒鬼。当然，还是一个小偷。

来　富

“狗来穷，猫来富”，是乡村人的信条。苏北海滨的这个小镇上的人们，见识大抵上也差不多。因此，家中来了一只猫，便收养起来，取名“来富”；若来了狗呢，来了狗不是要穷吗，于是，也取个名儿叫“来富”，压一压。若是来了一个人呢?

还就真来了一个人，到了这个小镇。不是到哪一家，哪一户，而是住在车站的候车室里。具体说，是候车室的一张破木头长椅上。

是个孩子，十六七岁，圆脸，目光呆滞，很脏，带着一个小铺盖卷儿，怯生生的。他是夜里来的。他站在街头上，小镇早晨的阳光温煦地照耀着他，他把一只手指伸进了鼻孔里。他没有发觉，许多买菜的小镇上的女人开始围观他。不像个旅客，也不像个走失的孩子，那就是一个流浪的小乞丐了，怪可怜的。有女人给他一只烧饼，他接了，一声不吭。他一声不吭，就在小镇上住了下来，一住就是十几年。

没有人欢迎，也没有人赶他走。有人问他姓名，他不知道；问他家住哪里，也不知道。不知道是不知道，还是不想讲。小镇人宽厚，又有点迷信。再说，从此朝夕相处，总得有个名字，不知是谁发明的，还是大家约定俗成，就叫“来富”——他的到来，也许预示了小镇将来要兴旺发达的。小镇人很宽厚、很大度地接收了他。

起初，来富是在汽车站和电影院里帮帮闲。比如，公共汽车来了，他就招呼客人上车、下车，上货、卸货，帮着替手脚。最后，弄得沿途的汽车司机都很熟，来富想去什么地方玩，登上车就走，引得小镇人赞叹：“嗬，来富门路广吆！”晚上，来富就铺开被褥，睡在候车室的长椅上，不管春夏秋冬。车站的售票员也不说什么，只是凌晨就得把被褥挪开，让等早班汽车的旅客坐。他还给电影院贴海报、扫地，忙得很。他自由进出电影院，看电影，自然是免费的了。

后来，他的生意进一步发展。镇上几家烧饼、馒头店要去粮公所换面粉，找不着人，就找来富。他不要工钱，只要有口饭吃，而且随叫随到，比请搬运工合算。小老板们会算账。来富就又学会了骑三轮车。每到肚子闹饥荒时，跑到几家店的任何一家，自然短不了有烧饼、馒头吃。再后来，镇上的人见他会踩三轮车，就叫他帮着拉煤饼、换煤气罐，来富都干得有板有眼。常常会看到来富，叼着一根香烟，悠闲自得地单手骑着三轮车(另一只手要拿烟)从街上划过去，那不定是去装煤，还是干什么去了。他“生意”很忙。作为报酬，是一顿饭，一双旧皮鞋，还是几件旧衣服，他也不计较。重要的是又多认识了一家门户，没饭吃时过来，要口饭吃总方便些。

要是镇上人家有红白喜事，娶亲，丧葬或者建房子，搬家，来富更是忙得脚不点地。特别是建房子，碰上一户人家，一两个月的伙食就有了着落。还有烟，也有酒，但酒是不喝的。

来富在镇上住了十几年，俨然是镇上的荣誉公民，是公务员，又是个不知来自何方的流浪汉。对，他大了，该是个流浪汉了。他在小镇上过得很好，暂时还看不出要搬家到别的什么地方去的意思。

搬家？除了那一筒旧铺盖卷，他的家实在也没东西可搬，就连那张做床的木头长椅也是车站的。

也许，有那么一天，小镇上的男人和女人一觉起来，发现他突然消失，不知搬去何方。就像十几年前的那个早晨，他突然沐浴在小镇街头的阳光里。

荞　麦

荞麦是个乡下女孩的名字。

7岁的荞麦，瘦瘦的，白白的，扎羊角辫，背一只花花的小书包，干干净净的。荞麦背着花花的小书包，每天上学，下学。荞麦喜欢板着脸，荞麦不喜欢笑。荞麦笑起来，牙齿白白的，两个小酒窝里像盛满了蜂蜜，好看，甜。

7岁的荞麦鹤立鸡群，在一群拖着长长的清鼻涕，穿着姐姐或者妈妈的旧衣服的乡下丫头里，荞麦是个奇迹。荞麦是班上的副排长（也就是副班长。那时把班长都叫做排长，也不叫班主席。小组长才叫班长）。她和排长和另外一个副排长轮流喊“起立”，每逢周三、周四就是荞麦喊。喊了“起立”后，大家就傻傻地站一会儿，老师让坐下时就坐下。不鞠躬，也不说“老师好”之类，可能是文化大革命的缘故吧，怕老师占了便宜。四五十个小孩就有四五十个躬，四五十声“好”，而老师却只能鞠一个躬，只能说一声“同学们好”。那时是很讲平等的，不准讲“师道尊严”（这个小学学到的词汇，我到高中时才弄懂）。于是，老师和学生就那么站一小会儿，然后，同学们坐下，老师仍旧站着。荞麦的声音尖尖的，细细的，在嘈杂的教室里，有时真的不大听得见，但就是听得见，也会有一些男孩子，或者一些女孩子，装着没听见。别人都站起来了，他们还坐着，嘻嘻哈哈的，若无其事。

“荞麦，以后声音大点，别像蚊子叫。”老师说。为了缓和一下气氛，老师还笑了笑。

下面响起一小片低低的笑声。荞麦挨了批评，大家都觉得高兴。当然，更还有一件高兴的事，就是老师批评荞麦像蚊子叫。这样，下课以后，大家就可以叫她“蚊子”了。荞麦点一点头，低声答应了。荞麦满脸委屈，脸红了，眼圈也红了。可后来再有几次之后，老师就不让荞麦喊“起立”了。其实，老师还是挺喜欢荞麦的。荞麦不仅是个干净、漂亮的丫头，成绩也好。语文最好，总是考一百分。荞麦还会唱儿歌。荞麦是经常得着老师表扬的。要是学校开大会，荞麦还会到主席台上去发言，那是校长坐的地方，就是班主任何老师也上不去的。虽然那个所谓的台子不过是蒙上蓝布的两张学桌。荞麦就站在那个台子后面，代表全体同学表一表决心，批判林彪和孔老二“复辟资本主义”，有时候还朗诵一首很有战斗性的儿歌。荞麦白白的脸蛋红红的，红领巾也是红红的。这时候的荞麦很鲜艳。

荞麦为什么要叫荞麦？这个名字很特殊，乡下的女孩子有以高贵的梅、兰、菊来取名的，男孩子有以低贱的狗、牛、马来取名的，以植物或者说庄稼来取名的不多。是不是她妈把她生在了荞麦地里，就取了这个名字？是不是她妈妈特别喜欢吃荞麦粉或者荞麦花的蜜，就给她取了这个名字？是不是她的兄弟姐妹都以棉花、水稻、土豆之类农作物来命名，荞麦就随着叫了荞麦？都不是。后来，长大了，看了一些现代小说，我又想，是不是荞麦她爸和她妈在荞麦地里耕云播雨，种下了这株白白的小荞麦，就取了个名字叫荞麦？这个想法很浪漫。

荞麦为什么叫荞麦，荞麦自己也不知道。她的爸爸、妈妈呢，她的爸爸、妈妈兴许是知道的。但是，她爸爸妈妈在荞麦出嫁之前都去世了。他们就是知道也不能告诉你了。

放学的时候，一群男孩子就围着荞麦，前前后后地拍着巴掌，又蹦又跳，像跳大神似的唱着儿歌：

三个砖头砌间房，
里面躲着个白姑娘。
三个砖头砌间房，
里面躲了个白姑娘

然后，又一齐喊："荞麦！荞麦！"两句话反反复复地唱，极有韵律。这其实也不是什么儿歌，是乡下的一个谜语，谜底就是：荞麦。这个谜语是根据荞麦的生物形态来的。荞麦低着头紧走，脸憋得红红的，跟上台讲话，跟挨了老师表扬或者批评一样的红。

五年级的"大炮"说："我将来要把荞麦给弄了就好了。""大炮"是个老留级生，已经16岁了。他黑黑的，壮壮的，满脸的青春痘，个子比老师还高，整个一个五大三粗的样。他敢跟老师打架，在学校里想欺负谁就欺负谁，全校的小学生听到他的名字都怕。大家都知道他说的"弄"是什么意思，这个"大炮"真够下流无耻的！荞麦的爸爸是村里的宣传队长，宣传队长算是村里的干部，"大炮"不敢把荞麦怎么样。荞麦的爸爸长得又高又好看，吹拉弹唱没一样不行的。据说，村里的很多女人都跟他睡过觉。"大炮"有一天在路上拦住荞麦，说："荞麦，你爸爸和李铁梅在打谷场上睡觉，我看见的。你爸不要你妈和你了！”“李铁梅”是宣传队的一个姑娘，因为演李铁梅而闻名。荞麦就哭了，她很伤心。大家都知道，荞麦的妈为这些事经常跟荞麦的爸吵架。“大炮”就高兴得“噢噢”大叫起来，青春期的声音像敲破竹棒。一群半大的男孩子像群跟屁虫，跟在“大炮”的后面“噢——噢——”地起着哄。他们都不放过这个巴结“大炮”的机会。

荞麦没有一个好的玩伴。男孩子欺负她。女孩子呢，女孩子也像跟她有深仇大恨似的，不愿意跟荞麦在一起。因此，荞麦上学、下学，都是一个人。荞麦没有像大家想的那样，将来读大学，进城。她没上完初中就辍了学，因为，她的父亲死了。后来，她还没出嫁，妈妈又死了。荞麦真有点应了古书上说的那句话，“红颜薄命”。

等我再见着荞麦，已是十几年以后。她骑一辆旧自行车，车后座上坐着一个脏兮兮的小男孩，她是回娘家来的。其实，娘家也就是哥哥、嫂嫂，没有其他什么人了。她早早就嫁了人。男人大她七八岁，是个老实巴交的种田人。据说，荞麦 18 岁在厂里做工时失了身，没有办法就嫁了现在的男人。当然，这事跟“大炮”没有关系，“大炮”当了泥瓦匠，每年都到外面打工，娶了个老婆比大炮还高还壮，据说凶得像母狮子，每年都把“大炮”轰出去做工挣钱。这“大炮”英雄一世，这次算是栽了。

我们就站在路边上，说了好半天话，比当同学八年加起来都要多。我就是当年的另外一个副排长。荞麦还是瘦，但黑了。头发乱蓬蓬的，额角起了皱纹，看那样子，已是中年妇人的景象了。虽然，她不过二十七八岁。在农村，这不奇怪。

我耳朵里又响起那首童谣：

三个砖头砌间房，
里面躲了个白姑娘。
白姑娘，白姑娘，
小哥娶你做新娘。

荞麦姓白。

蔡长明

蔡长明，作为一个老男人，身材瘦而长，像荒地里的野蒿子一般。他还有着灰鹤一样的长腿，当然，也是细而长的那种。他给人的印象是，仿佛轻轻一蹬双腿，人立马就会凌空而去似的。

他的左颊上有一颗黑色的肉痣，肉痣约有黄豆般大小，上面生长着数根细长的毛发。那毛发，年轻时候是黑色的，中年时候是灰色的，老年时候是白色的。那看过了《林海雪原》的年轻人，暗地里就给他定了一个绰号，叫做“一撮毛”。当着面，自然是不敢喊的。蔡长明算是村里有些名头的人，不仅上了一些年纪，年轻时还读过几年私塾，算是半个有文化的人。不过，他实在不能算是一个白面书生。他生得红黑，又有那凶险毕露的黑色肉痣以及一撮毛，如果再戴起他的老花镜来，说真的，他就像一群土匪们的师爷。

蔡长明家的“齐山”屋，独立在生产队的田地中央。他没上集体“农庄线”。蔡长明鳏居二十年了，是个“光光堂”，或者说“绝后代”，也就是常说的“老绝户”吧。因此，他是村里的“五保户”。作为“五保户”，如果要搬家，也得集体花钱。因此，县里的“集体农庄线”政策推行了十几年了，也就没人逼他拆房子。

那两间“齐山”屋，一间做卧室，一间则是兼做堂屋和厨房。地上很干净，桌椅也很整齐，这很体现了主人品位。他的屋子墙上贴着一张年画，桌上有一本老皇历（那一定是他所拥有的，传说中的老古书之一吧），一副老花眼镜，还有一堆大大小小的褐色的玻璃瓶子，都是装跟胃有关系的药的，比如“胃舒平”什么的。这样，他的房子里除了一种长年不见阳光的潮霉味，又有一股药味，还有一种泥地草屋特有的阴凉。忘记介绍了，他抽水烟，还有一只黄铜水烟台，于是，屋里又有一股烟的味儿。不过，这黄铜水烟台也可以算作家里的陈设，而另一些时候呢，又算是一件可以把玩的器物。因为，只要呆在家里的时候，他一般都是手不离烟台的。

蔡长明的家有些偏僻，离群索居的。平时，他没有什么来往的亲戚，也没有什么朋友。他又有长年的老胃溃疡，乡下人害怕那病会传染，一般人都不敢去他的家。

而他自己呢，大家都说他有点儿“干骚气”。一般的乡下人，他是瞧不起的，也不欢喜他们到自己的家里来。即使一些小孩子偶尔过来玩，他也会加以驱逐。他嫌他们吵，嫌他们脏，嫌他们调皮捣蛋，又担心他们踩坏了他自留地里的蔬菜，偷了他屋子里的东西。总之，蔡长明把他们一一给骂回去。而这些孩子们呢，本来就是冒险前来的，家长是有不准来蔡长明家的禁令的。于是，小孩子们也就不再来蔡长明家玩了。

除了出工，蔡长明平时便呆在他的两间“齐山”屋里，很少露面。他每天呆在里面，都干些什么，不知道，也没人过问。群众不管，干部也不管。他有几本老古书，据说，是“文化大革命”时藏下的。可能，他躲在家里就看那几本书吧。偶尔，他也扛把锄头出来，在自家的“自留地”里给豆苗或者葱、蒜们松松土，给几行（也就十几株吧）黏玉米浇浇水，给扁豆、豇豆和丝瓜们拔拔杂草什么的。

小时候，我很喜欢到他家里去玩耍。我厌倦于跟同伴们玩那些无聊的游戏。除了“玩打仗”，模仿电影上的某些情节，这还算有点意思。除此之外，我更愿意听蔡长明讲故事。尽管，我每次回家都会受到父亲的责骂。有时候，父亲会自己找过来，把我喊回家去。一走出了门，父亲便会拎我的耳朵，因为我不听话。在父亲的观念里，胃溃疡是会传染的，尽管在乡下，他算是一个有点文化的人。

蔡长明讲得最多的，是他小时候上学堂（私塾）的故事。这是他最津津乐道的陈年往事了。他觉得自己念过书，身份上高出那些乡下人。“养儿不念书，不如养头猪”，他说。这是他的名言。也许，他是把我作为“念书人”，从而引为同道的，尽管我只是一个小学低年级的学生。

他说，到私塾里念书，先要开蒙。开蒙后，最先念的是《三字经》、《百家姓》、《千字文》，这是基础；通了以后，再开始念《大学》、《中庸》、《论语》、《孟子》，这算是比较深的学问了。这些都是按次序来的，前面的没念会，就不学后面的。

蔡长明念完了《三字经》、《百家姓》、《千字文》，《论语》读了小半部，也就辍学了。为什么辍学？据说，主要是因为有了新式小学，私塾先生们收不到学生，于是只有改行。他的父亲极度仇视新式小学，于是，也就不让他念书了。因此，蔡长明连秀才也不是，只能算是一个老童生了。“半部《论语》治天下”，他说。这意思是，念过小半部《论语》的他，已经足够有文化了。

“上私塾，可不像现在。背书背不出，先生就用戒尺打手心。”

“很疼吗？”

“当然了，像被洋辣子辣过一样疼呢！”

“你也被先生打过吗？”

“打过，小时候谁不调皮呢！”

他跷着二郎腿，坐在一条狭长的长凳上。而我，则坐着一张小矮凳。说到挨先生打，他似乎有些犹豫，也许是害羞吧。“巴哒”“巴哒”抽了几口水烟后，他才承认，自己小时候也被先生打过。我有些同情地看着他。“不打不成人，打到做官人。”他说这句话的时候，严肃地盯着我的眼睛，有些意味深长的味道。按着他的意思，挨先生打不仅是难免的，似乎还是应该和必需的。

我想象中的戒尺，也就像文具盒里的学生尺。这种尺子代销点里有卖，4 分钱一把，20 厘米长。木质的，很薄，很轻。据说，是用泡桐木做的，那是一种又脆又松的木头。它的底是粉红色的，标注着的刻度和数字则是黑色的。我想，那样的一把尺，有什么可怕的呢？对于我的肤浅理解，蔡长明有些不屑地摇了摇头。

戒尺可不是一般的尺，它是用檀木做成的，至少也是桑木的。它又厚，又长，又硬，又沉，又结实。一般是打手心，特别严重时，先生也会打手背，那会更加疼得钻心。如果挨了打，手心或者手背就会红肿起来，洗脸拧不干毛巾，吃饭拿不起筷子，写字拿不起笔。因此，一般来说，先生会打学生的左手。这样，既受了惩戒，又不影响吃饭和学习。过两天，肿消了，没什么大碍的，主要是让长记性的。不过，这些挨了打的学生，回家被家长发现了，少不得又会挨一顿打的。

于是，我又开始想象那把尺，像是父亲的那把长木尺，那父亲做表格时，划线用的。黄颜色的，黑字，有一米来长。父亲有时要用整张白光连纸，做成表格，公布社员们的工分或者粮草什么的。而且，父亲确乎有那么几次，用这把尺子打过我，不过是屁股，不是手心，也不是手背。说真的，屁股与手心有同样的功效，都会很疼；还有一个共同点，就是并无大碍。对于蔡长明的所谓“戒尺”，这就是我所能发挥的最大想象力了。

蔡长明又说，放学时，每个人手心里，用毛笔画个圈，或者盖个图章。特别是夏天的时候，主要是怕学生偷着下河洗澡。回来后，如果墨圈或者图章没了，就得挨打。那要洗手怎么办呢？当然，那就不能洗手了。还有私塾先生，是轮饭吃的。每天到不同的学生家去吃饭，面条就面条，米饭就米饭，不挑不拣，吃饱就行。当然，一般来说，轮饭的学生家，总是要尽可能地做点好吃的，不能慢待了先生。哪怕是最穷的家庭，也是这样。尊重先生，那是老辈人传下来的规矩。

那个时候，学校里正在号召学习黄帅“反潮流”小英雄的精神。因此，我们的老师是不敢打我们的。相反，老师如果有什么不对，学生们不仅会给老师提意见，甚至还会开斗争会的。蔡长明听了这个，一个劲地摇头，不知道是表示不理解，还是表示无奈。他说了一句话，师道尊严！好多年后我才懂了它的意思。

现在回想起来，蔡长明其实不会讲什么故事。他顶多只是在回忆往事，我却把这些当作故事来听，还觉得很有意思。他甚至不如我爷爷，我爷爷不识字，却能讲很多故事。《隋唐演义》《白蛇传》《袁桥摆渡》《西游记》什么的，都是听书或者听戏听来的。蔡长明却不讲这些，也许，因为这些太过通俗，不够高雅吧。

我往他家里跑，除了听那些老掉牙的往事，就是看他读书。他常常戴着他那副老花眼镜，架着瘦长的二郎腿，翻看那本《农历书》，嘴里还念叨着，“春雨惊春清谷天，夏满芒夏暑相连……”有时，他还会拿着一本破旧的书，开始念诗。后来我知道了，那是一本《唐诗三百首》，没面没底，竖排版，从后往前翻。这本书很有趣，与我们的课本完全不一样，课本是横排版的，从前往后翻。我终于见识了，这就是所谓的“古书”了。他念书的样子和声音，非常有趣，也很好玩。我喜欢书，也喜欢能念书的人，哪怕他有点儿古怪。村子里几乎没有像蔡长明这样的人了。父亲年轻的时候，曾经也喜欢读书，可后来当了干部，就不怎么读了。他不是开会，就是算账，或者，在人家吃宴请。一回家，就喊累，躺下来就睡着，呼噜打得山动地摇的。

当然，最有意思，就是玩蔡长明的老花眼镜。戴上老花镜，一切都是模糊不清的，像下了雾。看地面，也是高低不平的，像是池塘里被大风吹起的波浪似的。而人，也就像坐在一条摇晃的船上，有一种天旋地转的感觉。头，感觉晕乎乎的，就像在打谷场上原地转了十八圈的感觉。好几次，我都觉得站不住，摇摇晃晃地觉得要摔倒了。每当这个时候，蔡长明一边说着要小心，一边来扶我。而拿了眼镜，一切便又恢复正常，只是眼皮有点儿发胀。这样的事，真是又开心，又刺激。

每次，当我觉得无聊时，我就说：“给我你的眼镜吧！”他就小心翼翼地递给我，千嘱咐，万叮咛，“可别掉地上了！”这个时候，他就不看书了，起来伸个懒腰什么的。他的眼镜，是除了皇历书和水烟台之外的又一件不肯撒手的宝物，别人是碰不得的。也就只给我一个人玩，我的几个同伴，也曾跟他借过眼镜，他横竖不肯给。我不知道，他是因为喜欢我（他夸过我作文写得好），还是因为我父亲是干部，管着他的粮草和活计的轻重？

有太阳的时候，我就用老花镜聚焦。那个总是摇摆不定的小光点，可以点着一根火柴，一张废纸，一根芦苇，一片树叶。有时，我干脆把那个小光点对准门槛下跑来跑去的蚂蚁，或者一只菜青虫。于是，那些蚂蚁就开始狼奔矢突，不一会，有的蚂蚁就蜷曲着倒下，再也爬不起来了。而菜青虫呢，就会不断扭曲着身体，最后从叶片上掉到了地上。我不会就此罢休，把它从没有阳光的荫凉处，拨拉到阳光下，继续把小光点对准它。于是，那只可怜的虫子，就会被彻底烤焦，散发出难闻的焦煳味。而我一点也不觉得怜悯，一个孩子的残忍，有时是多么让人吃惊啊！而蔡长明，就会跟我讲佛教里的故事，他会说，每一个人都会转世投胎。有时候会变成人，有时候会变成牛马猪羊，有时候会变成虫子。我回答他，这是封建迷信，老师说要批判的。于是，他就什么也不说了，自顾自地做事去——抽水烟，或者翻看他的老皇历。

我觉得，那两片玻璃是多么神奇啊！有一次，太阳特别的好，蔡长明"曝伏"箱子里的衣物。我玩完了他的老花眼镜，就扔在一圈摊开的棉花胎上。结果，那棉花胎被点着了一个洞。他闻到了棉花的焦味，又看到冒出的黑烟，赶紧把茶杯里的水倒下去，才制止了一场小"火灾"。从此，他再也不给我眼镜玩了。

另外，蔡长明从来不给小孩东西吃。也许，他是怕自己的胃溃疡传染给小孩子们吧。这就是说，他自己也是相信他的病是会传染的。我长大以后，曾经特地咨询过医生，才知道了正确的答案：胃溃疡并不传染。

蔡长明去世的时候，我正在外地读书。回到老家时，只看到他的新坟。好几次，我在心里盘算，是不是给他点些纸钱，或者什么的。可只是想想而已。非亲非故的，如果这样做，村里的人也许会笑话的。再说，自从我读了中学后，几乎就不去他家玩了。顶多路上碰着，打个招呼，问一回他的病。他呢，就夸我几句文章好。一切都是很平淡的。他的家也早搬了，不再住在大田的中央，也不再住那弥漫着烟味、药味的茅草屋。他住进了村里给建的两间红瓦房，当然是在集体农庄线上。他与秦灯甲住在一起，做起了邻居。与秦灯甲住在一起，蔡长明很有些不屑。他尤其厌恶秦灯甲捡破烂，弄得房子周围又脏又乱，苍蝇乱飞。他给秦灯甲提过几回意见，又到村干部那里汇报了几次，也不见有所改变。于是，只得什么也不说，继续做邻居。后来，比他年轻，也比他健壮的秦灯甲，却先死了。而这么多年来，病病叽叽的他，却比秦灯甲活得更长久一些。

蔡长明去世后，也没有人再提起他，仿佛他从来就没有存在过似的。

他就像一只灰鹤，飞到了远处的河滩上。然后，藏身于苇荡和草丛之中——不再有任何消息，也不发出一点儿声音。

潘家佬

在村子的中心部位，与破旧的大队部紧靠一起的，是公社供销社设在村子里的代销点。它的旁边，是大队医务室。大队部、医务室、代销点，它们同在三间茅草屋里，构成了整个村子的核心部门。

大队部里，挂着几面“农业学大寨”、“破旧立新”的旧锦旗和奖状，常年驻部的是大队的一个女会计。医务室，则有两个医生，一个是年过六旬的老中医；一个是上了3个月培训班，由贫下中农培养出来的“赤脚医生”，据说还是高中生。其实，就一个18岁的黄毛丫头，打针疼得像杀人，开药只会开阿司匹林、止咳糖浆之类。代销点里，换人是最频繁的，许是过于偏远，供销社没人愿意来吧，只好轮换着。不过，它的主人有相当一段时间是潘家佬。

潘家佬姓潘，名字不详，广大社员群众都叫他“潘家佬”，而不是潘会计（这是对供销社营业员的通常称呼，就像国民党时期，凡是当兵的都称老总一样）。潘家佬也乐于接受，尽管，在我的印象里，在后面带“佬”字，往往是不好的词，基本属于贬义的，如“美国佬”、“俄国佬”、“越南佬”、“乡巴佬”之类。但潘家佬不介意，不仅不介意，而且似乎还很乐于接受。后来，又听说有人把毛主席称为“毛家佬”，我恍然大悟，这个“佬”字有时又何尝不是褒义词，代表着某种尊敬呢？

潘家佬身材高大，躯体白而肥胖，方面大耳，长长的寿眉，很肥厚的双眼皮，一脸、一身好富贵相。平时走路，他都是背剪着手，迈着“八字步”（又叫“方步”、“官步”），一摇一摆，不慌不忙，不紧不慢的。那就是所谓“踱步”吧。每天下午，太阳还高挂在天上，潘家佬就早早吃过晚饭，出来“踱步”了。这其实就是散步，用北京话说，叫“遛弯”。但当地人另有说法，叫“摇拓”，有消食、健身之意。

太阳不落山就吃晚饭，这是镇上人的习惯。不像附近的乡下人，这个时候，还在地里乘着晚凉干活，如果是夏天的话。天黑了，才下工，回去煮晚饭。俗谚：“晚饭，晚饭，吃到鸭子生蛋。”吃过晚饭的潘家佬，便迈着方步，在乡路上走，碰上熟悉的乡下人跟他打招呼，他总是面带宽厚的微笑（这时候，他的眼睛往往就眯成了一条缝，而双眼皮，也就更加显眼），微微颔首，那样子，煞有派头。这“派头”，就是修养和风度。

乡下人都说，潘家佬有官相。这倒也是真的。潘家佬是三里外小镇上的人，解放前夕，当过不到半年的伪镇长，这是历史问题。因此，潘家佬平时虽极有派头，却从不乱讲话。他祖上大概是生意人，任伪职据说是被迫无奈，时间很短，而且也没有罪恶。但他的历史不是一张白纸，也许，他被派到乡下代销点，远离镇上更为优裕的生活，也算是一种放逐吧！

乡村的代销点与大队部、医务室一样，都是乡下人所敬畏的，或者是受到极大推崇的。大队部掌控着人们的户口、工分、口粮以及政治思想，医务室管你生、老、病、死，代销点则管着人们日常生活的必需品。那时候，什么东西都上计划。除了食盐之外，大概因为这个海滨小镇并不缺盐吧。它靠着一汪大海，到处都有盐碱地，太阳一晒，白花花的一片，全是盐霜。其他的东西，比如，火柴、火油、红糖、白酒、香烟什么的，都要凭票或者凭本供应。平时，每家每户半打火柴，三两火油，都有严格规定。每家都有一个灰色的硬马粪纸面子的“供应本”，购买时，必须出示这个小本子，并在上面登记、盖章，绝对不可以多买一点的。过年时，额外供应一点儿白酒、香烟和红糖，则是要凭票供应的，只有“供应本”还是不行的。代销点掌握了这种大权，可谓是炙手可热。乡下人有这样的说法：“一世修不到城脚根，三世修不到粮公所，七世修不到供销社。”作为供销社权力延伸的枝丫的代销点，属于“封疆大吏”，权力可见一斑。

潘家佬就在这样一个“权力机构”工作，确实很受人尊敬，尽管他有点说不清的历史问题。据说，潘家佬家原来大概是开杂货店的，工商业改造时，变成了公私合营，这是潘家佬这种有现行历史问题的人，还能分在供销社这种重要部门的原因。那时候，倘不是干部子弟或亲戚，根红苗正的人，有特别关系的人，是绝对进不了供销社的。被乡下人眼红的小镇上的人，他们的政治生活跟乡村并无本质上的差别。在乡下，如果不是干部的子女或者亲戚，而且根红苗正，就当不了村干部，也当不了记工员、保管员、饲养员之类的闲差和美差。在小镇上，也是如此，那些留在镇上供销社总部的人，都是有深厚关系和背景的，这些被派遣到乡下代销点里的人，则基本是“二等公民”。

代销点这些工作人员，他们的正式称谓叫“供销员”，就像公安局在每个公社派驻的“特派员”，信用社在每个村里派驻的“信贷员”一样。因为掌握的权力很大，这些供销员是很容易出点问题的。有的是因为跟周围的女人有点不清不白，有的是因为用洗脚水倒在酱油里，把省下的酱油多卖钱或自己吃的；有的是在秤上耍花样，短斤少两的；有的欺上瞒下，把供应物资私藏或者私吞，然后，再高价销售的……总之，这些供销员在一个地方，都是呆不长久的。就像八大军区的司令员一样，在全公社13个村(大队)代销点的供销员，轮流调动，循环往复。

潘家佬似乎没这些问题，所以待的时间算是最长的。他只有一个爱好，饭后散步，腆着大肚子，见人便很有风度地颔首微笑。夏天拿着蒲葵扇，冬天则笼着袖子，不拿蒲葵扇。

据说，潘家佬极善相人。好像是他有本什么古书，平时秘不示人的。如果不是极熟，又有些社会地位的人，他是不会轻易开口的。这是父亲说的。父亲说，潘家佬曾预言我将来很有出息，怎么个有出息，没有说。但这确实让望子成龙的父亲十分欣喜。这是他主动跟我父亲说的，这一点，更让父亲有点荣耀。因为，潘家佬相人是很准的。等我考上大学的时候，父亲再次讲了潘家佬当年的预言。那个时候，农村的代销点已名存实亡，私人小百货店已如雨后春笋一般了。潘家佬，也早退休了。

在小镇上读中学时，我曾有好几次看到潘家佬。他正在街上散步，腆着大肚子，夏天，拿着蒲葵扇，冬天，什么也不拿。只是，他短短的头发和长长的寿眉，都变白了。我跟他打招呼，他微微颔首，微笑，样子依然很有派头。

后来，我就再也没有看到过他。直到现在，也没有。

行　者

读小学三年级时，学校调来一个老师。在这个只有两排教室，5个班级，7个教师的乡村小学，这是件大事。因此，到中午吃饭的时候，全村的村民都知道，村小学调来了一位老师，外地人。兴许，还是镇上的呢。

他姓孙，身材颇高，皮肤出奇得白，这是乡下人猜他是镇上人的原因。满脸络腮胡子，不苟言笑的，让小学生们觉得他是一个很凶的人。第二天开学典礼，教导主任朱老师作了介绍，大家知道他不仅是老师，还是一位校长。这天，他做了一个不太长的讲话，后来，老师代表和学生代表分别发言，会议就结束了。于是，这个晚上，全村的村民已都知道了，来的那位老师是位校长，一个满脸络腮胡子，显得很凶的校长。这下可有指望把那帮“调皮鬼”、“捣蛋鬼”们给好好治治了！我的父亲也这么说。

那个时候，是粉碎“四人帮”不久。小说《西游记》刚刚再版，电影《三打白骨精》在播放，动画片《大闹天宫》正在电影院火火爆爆地上映，据说，它花了一百多个画家的3年时间。就像《米老鼠与唐老鸭》播出后，所有唐姓的人都遭了殃一样，“唐老鸭”成了他们共同的绰号。因着他姓孙，又长着络腮胡子，于是，一个“孙猴”“大圣”“悟空”“孙悟空”“孙行者”、“行者”的绰号在小学生中不胫而走。常常有小孩子，单腿独立，作挥棒状，咬牙切齿，挤眉弄眼，“呀呀呀”地大叫。那自然就是孙悟空的经典造型和招牌动作了，模仿得惟妙惟肖。倘是大家聚在一起玩，一见他来了，就有人叫“行者来了！”于是，轰的一声，作鸟兽散。就像一群小麻雀似的，散开了，飞远了。

行者给我们上算术课。第一课，他没给我们讲课堂纪律，也没有讲连加连减、乘除法、珠算之类。他给我们讲了一个故事。

“今天给同学讲个故事。”他说。

他说的是“同学”，大家后来慢慢发现，他不管是对一个人，还是全班所有人，都是称“同学”。没有单数，也没有复数。

大家由于意外地惊喜和激动，都不知道如何是好。就像不是年、不是节的，家里不做事，也没客人，却吃白米饭和肉菜那样。短暂地骚动后，教室又归于沉寂，像所有陌生老师的第一课一样。他转过身去，用正楷在干干净净的黑板上，写下了两个大字：《学费》。由于太过用劲，粉笔与黑板相互摩擦，发出老鼠一般“吱吱”的叫声。但谁都没有笑。不知道是不敢，还是由于惊奇。

故事讲的是解放前，也就是旧社会，一个小孩想读书，家里却交不起学费。于是，他去给牛贩子赶牛，挣自己的学费。在走了几百里路，吃尽千辛万苦，到达目的地后，牛贩子却赖掉了小孩工钱的故事。他讲得绘声绘色，动情之处，他自己的眼圈不禁红了，声音也哽咽了。行者是个容易动感情的人。听故事的时候，许多学生哭了，平时个儿最高、打人最凶、年龄也最大的老留级生张祥山，竟趴在学桌上，哭出了声音。讲完了故事，行者说了一句：“同学，要珍惜我们来之不易的学习机会！”这时，下课铃响了。下课的时候，排长（即班长）喊了起立，大家刷地一声站起来，从来没有过的整齐，安静，整个教室静得好像一个人也没有。只有屋檐上的小麻雀，发出“叽叽喳喳”的叫声，好像在发表什么议论。

我们都在心里承认，他征服了我们，用故事征服了我们。在这之前，我们曾听过不少关于老贫农穿了三代的破棉袄，讨饭被地主家的狗咬伤小腿的故事，但我们从未这么感动。为了逃避老师的检查，我们甚至在眼睛里涂上唾沫。但这个跟我们如此贴近的故事，加上他的生动描绘，我们都被深深感动了。晚上回家，家长问，孙校长今天讲什么了，因为家长都知道孙校长要给我们上算术课。我们都说，孙校长给我们讲了一个故事。家长都不信。家长都有一个偏见，一个好老师是应该教给学生写字、做算术，教孩子学好，而不应该是讲故事的。

从此以后，他的课永远是那么安静。当然，回答问题除外。大家都坐得毕恭毕敬，甚至把手都背在背后。学校曾经这样提倡过，但学生们并未按要求做到。都是因为第一课，许多走不过第一课的老师，要花十倍的时间来对付这帮调皮鬼。他的讲课从来特别浅显易懂，打许多有趣的比方。听完后，大家都似乎懂了。而且，大家从来没有上过这么有趣的算术课。于是，他就给我们讲故事，作为奖励。常常，他一开课，就会做预告。今天就学某某章、某某节，大家全懂了，就讲个故事。于是，课快结束，他就问：都懂了？大家都异口同声，用童声回答：懂了！他故意露出不信任的神气：我不信。张祥山，林小霞，起立！“老留级生”张祥山，一改平时被老师叫上的忸怩，自信地走上讲台，拿起粉笔，等着给他的演算题目。演算完毕，行者凑上去仔细看一看，那动作也被故意夸张了，然后大声问大家：“对不对？”于是，大家又一齐用童声回答：“对！”于是，行者用红粉笔打上大大的一个勾，再写上漂亮流畅的“100 分”字样。当然，那道题以及演算是用白粉笔写的。张祥山得意地向大家扮着鬼脸。大家热烈地鼓掌。有些老师不解，上数学课鼓什么掌?

“好，讲一个故事，说到做到。”于是，他就讲《西游记》、《水浒传》。他讲《西游记》，不仅模仿孙悟空、猪八戒的不同声音，还有不同动作。讲到猪八戒，他就在自己的脸上比划那长长的鼻子，一边还忘不了打个比方，“那长鼻子，就像切开的藕片。”大家都会意地笑了。他也讲雷锋的故事，以及《新编西游记》。当讲到自私、贪吃的猪八戒，偷吃了师父和师兄的西瓜，受到惩罚时，大家都哈哈大笑，甚至有人乐得跺脚和乱拍桌子。教室的屋顶，都快被掀翻了。他用故事奖励我们，用故事贿赂我们，用故事感动我们，用故事教育我们。常常，下课铃响了，大家都不肯下课，坚持要把故事听完。可他每次都说，不能影响下节课，明天的课再讲。那时，大家又难过，又没有办法。

这一学期，我们班在全区的统考中，取得了均分第一名的成绩。镇中心小学的两个班，也没有我们考得好。

你要是以为，他是那种绝对温情的人，那你就错了。他脾气很急，板起面孔发火的时候，非常厉害。甚至，他会动手拎我们的耳朵，就像一个严厉的父亲一样。但我们都一点不记仇，甚至相反，被他拎过耳朵的人，却每每作为一个炫耀的资本，仿佛这是一种荣耀和奖励。大家都知道，那严厉的、不给情面的责打里，包含着他深切的期望。我们都像一群优秀的士兵，绝对服从他的将军一样，服从他、敬畏他、爱戴他。甚至，都带着一点儿迷信和盲从。我们都知道，就像我们爱他一样，他也爱着我们。

一次，我们班的男生跟五年级的男生打了一架，原因是他们叫他“孙猴”。尽管我们平时也这么叫，我们觉得自己是出于尊重和善意，而他们是恶意，大有“只许州官放火，不许百姓点灯”的味道。我们这群忠诚的卫士，不顾自己的实力，跟他们干了一架。他们有两个人流了鼻血。在情急之中，我们甚至动用砖头和树枝。当我们这群“勇士”们被带到行者前面时，大家都不讲打架的原因。五年级的学生是不敢讲，我们是不愿意说。结果，我们都受到严厉的批评教育，每人都写了检查，还被罚扫校园一个星期。但是，谁也没有讲出打架的真正原因。也许，直到今天，他也不会知道，我们那一架，是为他而打的。

后来，我读了中学、大学，又读了硕士、博士。我都一直很怀念孙老师。他只让我们叫他老师，不准叫他校长。听说，他后来不当校长了，不知道是年龄大了，还是什么原因。我觉得，他实在是少有的一位好老师和好校长。

直到如今，我想起他来，心里总有一种柔软和暖意。究其实，“孙猴”也好，“大圣”也罢，并不是一个恶意的绰号。孙悟空一直是人们喜爱的正面形象，一个美好的形象。其实，大家叫他“孙行者”“大圣”“孙猴”“悟空”或者“行者”的时候，又何尝不是带着一种喜爱的情感。我想，假如我的老师看到这篇文章，该会原谅我对他的不恭。我不想叫他“孙校长”，也不想叫他“孙老师”。我只想叫他一声“行者”，“大圣”，或者“悟空”！再想说一声，老师，我很想念你。

回想起黯淡的童年读书生活，他是我生活中的一道温柔的阳光。这道光，一直照耀着我，温暖着我。

红

红和我一起穿开裆裤长大。但红跟我并没有什么故事发生，没有恩恩爱爱什么的。因为，他是一个男孩，虽然他有一个女孩子的名字。否则，也许会闹出一点青梅竹马之类的绯闻。

红确实是个害羞的男孩，极爱脸红。我们从小一起玩泥巴，摸小鱼，拔茅针[①]，掏鸟窝，玩打仗。后来，又一起上学。红绝对是个听话的伙伴，要玩什么都是我拿主意。有时候我发脾气，打他，他就哭。哭完了，也就是哭完了，还是在一起玩。

红上学以后，就在名字前面加上姓，叫吴红。可见他的父母多么会省事。他有 4 个哥哥，一个弟弟，要让他的父母给每一个人都精心取个名字，确实有点费事。他的父母对他们绝对没有侍候庄稼那么在意。后来，就出了点问题。班上转学来一个女孩，这个女孩竟然也叫吴红。这下子就出了麻烦，老师上课提问，要是叫吴红，一定会站出一男一女两个吴红来，弄

---

① 春之时，茅草的嫩芽，状似缝衣针，故名。内有白色絮状物，食之微甜。

得全班哄堂大笑。有时候，干脆两个人都不站，你望着我，我望着你，效果还是一样，全班笑得炸了窝。还是语文老师聪明，在两个人的名字前面分别加上性别，男的叫男吴红，女的叫女吴红。这样叫了一学期，班主任冒着侵犯男吴红父母版权的危险，让他改名，“你就叫吴飞吧”，从此，男吴红就叫了吴飞。开始大家叫不习惯，慢慢也就习惯了。只有我还是叫他吴红，有时单叫他的小名“红”。

吴红家里穷，有时要买铅笔、橡皮什么的，也要挨打。他的铅笔、橡皮，都是从家里偷鸡蛋卖钱买的。从鸡窝里，拿了鸡蛋，有时还是热乎乎的，小心地揣在书包里或者衣袋里，拿到公社供销社设在村里的代销点去卖，那种做小偷的心理，一定是很特别的。大的 8 分钱一个，小的 7 分钱一个，也有特别小的，才 6 分钱一个。不过，所要换取的东西也便宜。铅笔 3 分钱一支，也有 2 分钱的，不过，这种铅笔质量差，容易断；最高级的是带有动画图案的花铅笔，5 分钱一支，铅笔顶端有一小块圆柱形的彩色橡皮，那橡皮有一股好闻的味道，让人忍不住去闻，或者去咬它一口，特别是中午肚子饿了的时候。因此，一般来说，橡皮与铅笔是处于分离状态的，不是被不经意咬掉了，就是被不小心弄掉了。普通的白橡皮 2 分钱一块，也有一种彩色橡皮，有香味，但擦拭效果却不好，一般没有人买它。普通的糖块，1 分钱一粒，硬的，含在嘴巴里，甜丝丝的，一个小时也化不完。上海大白兔奶糖，是最高级的，软软的，有一股奶香味，但是价钱贵，要 2 分钱一块，而且很容易就吃完了，一般也是不买的。吴红的购买能力，限于买最便宜的，而且限于实用的物品，糖块是奢侈品，他是很少买一块放到嘴巴里去的，除非他陪我去代销点，我请他的客。那时候，我有钱，经常请客吃糖，团结了一大帮小伙伴。代销点的潘家佬，拿着电筒，照了又照，像个科学家似的，他怕收着坏蛋。他的这种负责精神，弄得卖蛋的少年，心里特别紧张，特别是当这蛋来路不明的时候。可以想见，面对潘家佬的蓝塑料皮手电筒，吴红的忐忑不安，是可想而知的。不过，潘家佬从来不问蛋的来历，大人、小孩都一样，不知是真糊涂，还是装糊涂。

吴红的家务也很重，要打猪草，还要给全家烧饭，他八岁就会做饭，这近乎一个奇迹。灶台太高，他就站在凳子上做。有一次，他差点引起一场火灾。不过，他自己一个人竟把火扑灭了，用的是水瓢和水缸里的水。家里的大人回来后，自然没少一顿打，但还是让他做饭。同学们都笑话他是“伙夫佬”。吴红学习成绩一直一般，也就中等水平吧，不提高，也不下降。以至有个老师别出心裁，创造一个歇后语，叫做“吴红的学习成绩——中游”。

后来，我考上了高中；再后来，考上了大学；再再后来，考取了研究生。吴红初中一毕业，就回家务农。先是种地，然后学瓦工。刚开始，他很想当专业户，他先是想栽培树苗，在家里的后院里，种上了许多杉树苗，不过，除了少数几棵，差不多全部死掉了。之后，他看了《辽宁青年》上的一篇报道，讲一个青年通过养猪发家致富的故事，于是他又想当个养猪专业户。这一次，他老子可不答应，小猪可比树苗值钱。失望之余，他自学英语，他决心成为一个翻译，据说，翻译特别能挣钱。他简直是忽发奇想。但这并不奇怪，因为，20世纪80年代初，报刊上宣传得最多的就是青年自学成才的故事。另外，吴红所有功课中，英语是最好的。他邮购了中央人民广播电台英语广播讲座的教材，买了一只小收音机，就开始了自学。那时，我正读高中，他经常很老到地拿一些问题来跟我讨论。他竟然一点也没有了从前的羞怯之态，也许是进入社会使然。说真的，他确实很浅，那些他津津乐道的问题，最多只是初中水平。他实际上极度自卑。他也许会成功，他似乎对此坚信不疑，而实际上非常渺茫。也正因其渺茫，他才更加深信不疑。但是，我不能揭破这一点。

大约三个月后的一个中午，吴红的妈妈来叫我，说吴红喝醉了酒，正在家里胡言乱语。我到他家时，吴红正在表演“全武行”，收音机砸碎了，英语书撕成了一片片的。他的几个哥哥也按他不住，正商量要把他捆起来，因为他见人就要打，见东西就要砸。我去了以后，他稍为安静了下来，也许出于自尊的需要吧。但一会儿以后，他的“全武行”变成了声泪俱下的哭诉。原来，他今天上午去镇建筑站报了名。镇建筑站招工，我是知道的，大门口排了一长流的人，不是年轻力壮的还不要呢。吴红是自己去报的名，没有谁让他去。看样子，他的英语是不想再学了。“我完了，我完了。我英语也学不了了，我要去做工。你将来变了鲁迅，我就是闰土了。”他说。这都是初中课本上的那篇课文《故乡》给闹的，鲁迅先生在这篇小说里，写到了童年的生活和成年后的生活，但这却在无意之中成了某种隐喻和人生的模式。而这一切，竟深深地刻入了内向而羞怯的红的心灵里。我也这才明白，他学英语也许是在跟我较劲，或者说，是为了摆脱鲁迅先生在《故乡》中所预示的不同的人生命运。我们毕竟是从小在一起，穿开裆裤长大的呀！

吴红后来就成了一个瓦工。跟着建筑队转战南北。他结了婚。一年夏收的时候，他的妻子一个人在家割麦子。雨要来了，他们的小女孩跟在屁股后面哭。他的妻子也就哭了，一边哭，一边骂，骂吴红砍千刀，把她一个人扔在家里受苦。那一次，我正好放忙假在家，就去帮着她抱了一会儿麦子。他的妻子也是我们小时候的同学，一起长大的。

吴红当瓦工挣了不少钱，他建起了新瓦房。据说，他还想建楼房。他学的管道工，活儿不太重，据说还是一个什么小头目，可以少干一些活，多拿一些钱。过年回来，掏出的烟是 7 块钱一包的红塔山。据说，他自己抽的是 1 块 5 一包的同根香烟。但在他的脸上，确实有点儿飞扬的神采了。

也许，吴红天生就是一个好瓦工。

土地工

我的题目没有写错，是“土地工”，不是“土地公公”。在黄梅戏《天仙配》里，土地公公扮演“月下老人”的角色，为穷小子董永介绍了一个如花似玉的仙女当小媳妇。但是，“土地工”也能做“月下老人”的事，这你就不知道了吧。

我讲的是我姐姐的故事。

先说“土地工”。这是一种什么“工”？一种与土地有紧密联系的“工”，盛行于80年代。其时，不断扩大的城市像狡诈而贪婪的章鱼一样，不断向乡村伸出它的巨大而有力的手臂，把乡村掠入自己的版图。在西方工业社会，这被描述为乡村的不幸，在俄罗斯著名的“乡村诗人”叶赛宁的笔下就是如此。但这是乡村的不幸，却是乡村年轻人的幸运之星，就像“土地公公”之于董永一样。当那些全民所有制的工厂占用了劳动群众集体所有制的土地后（有时候，则是劳动群众集体所有制的工厂占有另一群劳动群众集体所有的土地），必须提供相应的招工指标作为补偿。以如此方式被吸纳进工厂的工人被称作“土地工”，这是一群很牛气的工人，一般工种要让他们自个挑，厂长也让他们三分，为什么？用现在的行话说，他们是“股东”呀，土地就是他们的资本。但是，那时候的青年还很单纯，不懂这些现代玩意儿。他们非常现实，当了“土地工”，意味着从此脱离“面朝黄土背朝天”的生活，成为全民所有制或集体所有制的工人，活计轻松，旱涝保收。工人，在那年头，相对于农民是什么概念，你去问一问四十岁上下的人，他们会回答你。在偏僻乡村的青年农民不会成为这样的幸运儿，他们住得太遥远了，贪婪城市的膀子还不够长，它怎么不再长长一点的呢？偏僻乡村的青年们愤愤不平地想，他们真嫉妒那些住在城市（或者小市镇）边缘的年轻人。当时就有一段民谣，“七世修不到个粮公所，三世修不到个供稍社，一世修不到个城脚根”，第三句就是讲城市边缘的好处。

姐姐的故事就由此开始。这是个什么故事呀！

姐姐不是我的亲姐姐，但也可以算是我的亲姐姐。她是我父亲、母亲抱养的，严格意义上来说，是我爷爷、奶奶抱养的，他们不顾我父亲、母亲的反对，抱养了我的姐姐。她是我爸爸的二哥、也就是我二伯父的女儿，因此，说她是我亲姐姐也没错。事实上，我们姐弟俩的感情很好。我的姐姐长我九岁，就像二伯父长我爸爸 12 岁一样，是名副其实的姐姐了。我姐姐来我家时才 5 岁，在家排行老四，后来，在她的后面又有了两个妹妹，一个弟弟。这样，我的二伯父就有两个儿子，五个女儿。靠两个人的工资养活这么一大家子，在五六十年代的中国确实有点困难。因此，二伯父给我家一个女儿，不能不说有疏散人口的意思。我父亲和母亲十八九岁结婚，到了二十七八岁了，我母亲的肚子还没有一点动静，难怪我的爷爷和奶奶要着急。我是我姐姐到我家四年后才生的，当时“抱养”我姐姐到我家，就有“押头”（方言，我不知道是不是这么写）的意思。也就是说，我的姐姐是为了我的出生而到我家，她是打头阵的，这是家族赋予她的神圣历史使命。我的姐姐很好地完成了她的“历史使命”。这从另一方面说明，我的爷爷、奶奶对我母亲的肚子还是寄予殷切的希望的。我母亲的肚子也不负众望，因为，除了生我，我母亲后来还生了我的弟弟。我弟弟，比我小 9 岁。这是一组很有意思的数字，因为，我姐姐正好也大我 9 岁。

我姐姐来我家时很瘦，但很白，扎两条羊角辫。她是城里的孩子，很白是自然的事。可以推算，那是 1962 年，三年自然灾害的最后一年，我的二伯父、二伯母没有再做等待，向乡下转移了他们的孩子。要是再等一年呢？那一切都将发生改变，后面的故事就不会发生了。我的亲爱的二伯父、二伯母，仿佛就是为了制造一个故事，而贸然采取了行动，他们这种制造故事的原始创作冲动似乎远远超过了要给我一个姐姐的愿望。“一张小脸瘦得像菠菜叶子，手瘦得像鸡爪子；走路也走不动似的，很慢；就是哭，声音也像是从嗓子眼里硬挤出来的，细得像蚊子叫”，我母亲形容说。这就是三年自然灾害中，一个挨饿的城市儿童形象。我母亲不识字，但极有语言天赋，尤其有叙事天才。讲故事，也是有头、有尾、有细节，还会夹杂一些抒情（感叹）和评论。我后来写的许多故事，有一部分就是听我母亲讲的。把瘦弱的姐姐喂成了一个胖胖的大姑娘，一直是我母亲的骄傲。她认为，作为婶婶和养母，她对得起二伯母，你交给我的是个什么样的丫头？当我姐姐渐渐长大，大到能跟我母亲吵嘴的时候，我母亲就常常这么说。附带说一句，在那个买肉要买肥膘的年代，胖是富贵或者富足的象征，当然这也是美的，这就是审美标准的时代性。要是在吃减肥药、练瑜珈的现代社会，这就是我母亲的罪过了，她简直是对我姐姐犯下了不可饶恕的罪行。但我母亲忽略了重要的一点，我的姐姐固然由瘦而胖了，也由白而黑了。这算不上我母亲的罪过，这要怪乡村那毒辣辣的太阳，那带着盐分的海风，还有那份艰辛的田间劳作。它们把姐姐变成了一个黑黑的、结实的乡村姑娘。

我姐和我妈之间那许许多多的恩恩怨怨就不说了。因为，它们似乎超不出天下所有养母与养女的那个故事模式。我要说的是，我的姐姐从此住在了乡下，从一个白白瘦瘦的城里女孩，变成了一个黑黑胖胖的乡下姑娘。她从一个城里人，变成了一个乡下人。她读书到五年级就辍了学，16 岁就在生产队的老少班出工，18 岁就是一个女壮劳力，直到 25 岁出嫁。当然，我要补充说明的是，我的姐姐尽管有点黑，还是挺漂亮的，而且所谓的胖，也仅是那个时代的标准，依今天的标准来说，只能说是“不瘦“。这是不是要归功于她的城里血统？所以，我的姐姐长大以后，介绍对象的人几乎踏破了门槛。在乡下，我姐确实也算得上是个漂亮的姑娘。我高傲的姐姐竟然一个也看不上，有一次，我姐姐拒绝了一个外村支部书记儿子的结亲愿望，竟然使得我妈勃然大怒。“你是个什么样的大小姐，要结什么高亲?”我母亲说。一个支部书记，在我母亲的眼里应该是很大的“官”了，我同样当农村干部的父亲，从 17 岁起混了将近三十年，他的最高“官”也没到得了大队支部书记。再说，当年的农村实行的是人民公社，我们今天说它是一种准军事化的管理方式，一点也不为过。干部的权力是很大的，不仅掌握生产和劳动的安排，还掌握粮草等基本生活资料的分配，一个生产队长中的败类有时足可睡遍有点姿色的姑娘和媳妇，一个支书的权力有多大？我父亲也是这样的一个农村干部(父亲是不是也有点风流倜傥的事，我也说不清)，姐姐还能不知道这一点？姐姐拒绝了支书的儿子，也几乎拒绝了所有的人。这使姐姐一向的“靠山”（我母亲的话，毕竟是叔叔嘛，肯定是要比婶婶亲的了）——我的父亲也大为不解，不得不找我姐姐谈话了，参加谈话的还有我爷爷。我的奶奶在我 7 岁，我姐姐 16 岁那年去世，她曾经是我姐姐最大的“靠山”。我旁听。这一年，我 14 岁，读初中一年级，我的学历已超过了父亲和姐姐，成了家里的最高学历者。我的姐姐 23 岁，这么大的姑娘还不找婆家，在农村里已成为一个必须解决的“问题”了。我父亲的这次谈话就是要解决这个“问题”的，他在处理家事时，总是不自觉采用那套农村干部的工作方法。父亲常用的词汇有“研究”、“讨论”、“问题”、“开会”、“解决”，等等。今天，父亲就是要专门来“研究”并“解决”姐姐、也就是他的侄女儿的婚姻“问题”了。这一年是 1978 年。农村里好像刚开始酝酿着分组作业和包产到人什么的，联产承包责任制（包产到户）还没有完全开始实行，农村正面临着大的变革；而当年下放到农村的知识青年们，也正在酝酿着全面大返城，许多知青常常在早晨或深夜带着布料或者点心登门造访父亲。而我父亲则是如此清廉，并富有人情味。当天客气地收下，怕的是人家没有面子，过两天，就让我母亲给人家送回去。有一次，有一块当时极不容易买到的呢子布料，我母亲看中了，有些舍不得的意思，被我父亲狠狠地“说”了一回，眼圈都红了。因此，在那个时候，父亲需要解决的“问题”确实是挺不少的。我父亲的工作方法还是很民主的，他让我姐姐先谈谈想法。但我姐姐一句话也不说，低着头在那儿摆弄自己的衣角。于是，我的父亲就非常愤怒。

你以为你漂亮，你了不起，是不是？你以为我们家大小是干部，门槛高，是不是？你以为我们家里经济条件好，日子好过是不是？再过两年，你就是老姑娘了，你还嫁给谁？这是在农村，不是在城里。父亲说。

父亲说得全是对的。这是在农村，1978 年的中国乡村，不是 1997 年的中国农村，也不是 1978 年的中国城市(包括市镇)。于是，姐姐就流泪了。她也知道，这是在中国的乡下，但这是 1978 年呀。1978 年的中国年轻人，怎么能没有点想法。1978 年的中国年轻人要是没点想法，就太对不起这个伟大的时代了。在这个年头，城里的知青可以返城；农村的青年除了当兵，又多了一条出路，那就是考大学。许多人拿起了课本，许多人正在拿起。村里的第一个大学生被村民们敲锣打鼓送走了，带给了大家无比的兴奋和刺激。我精明的父亲已经明确了我的道路，就是考上大学，我的父亲对我充满了希望。后来，我如父亲愿，不仅读了大学，又读了一个名牌学府的研究生，实在是大快父亲之心。不过，这是若干年以后的事了。而现在父亲迫切需要解决的是姐姐的“问题”。1978 年，我的姐姐 23 岁，还没有婆家，在家人和村人的眼睛里，她快成了嫁不出去的老姑娘了。

那一天，1978 年的姐姐流着眼泪说了一句话：“我要回城。”我的父亲在惊愕之后，终于沉默了。许久后（如果我父亲抽烟，这个时候一定要抽上一根劣质的“劳动牌”香烟，或者知青们孝敬的“前门”或者“飞马”，但我的父亲不抽烟，不喝酒，而且特别廉洁），我的父亲叹了一口气。我的姐姐要回的那个城，也不是什么大城市，是她出生地的县城，上世纪 90 年代初它改成了市。父亲叹了口气，一句话也没说就走了。我一直沉默的爷爷这时候开口了，他说：“伢呀，你这是痴想哪。楝树上哪有甜果果，就是有，哪论得上你。”爷爷就是这么说的。我的姐姐一声不吭，脸上河流纵横，整个一个江南水乡平面图。

我的姐姐一声不吭的时候，就在心里下了决心。18 年后，我坐在姐姐的家里，听姐姐讲自己的故事。她用黑而粗糙的手给我搛菜，那手多像母亲的手啊，她跟母亲对立了很多年，而在这一点上她们又是多么的相似。她才 41 岁，可那张黑而枯老的脸，让她看上去像五十上下的人。她是我的姐姐，我家乡镇郊的菜农，她用二亩菜地支持着一家 4 口的生活。那双手，那张脸，让我有一种要流泪的欲望。我的姐姐给我讲 18 年前的故事。那时，她还是一个年轻、漂亮的姑娘，充满了对城市的幻想和渴求。

这个故事鲜为人知，也许除了我姐没有第二人知道了。那天的谈话以后，我姐用五年级的水平写了一份证明信，然后偷偷地打开了父亲的办公桌抽屉，盖上公章，然后一个人骑上父亲1956年的那辆老车，去了她出生地的那个县城。那是一次艰苦的行程，路上，车胎爆了1次，链条掉了11次，摔了3个跟头。这一系列数字，足以说明行程的艰难。她找到自己的城里妈妈，也就是我的二伯母，然后一起去了县里的民政局和劳动局。结果是不用说了，办事人员的回答十分简明扼要，中央没有这个政策，现在的知青还安排不了呢。但是，姐姐并不把这一次失败归结为政策的原因，而是父亲和二伯母——也就是她的城里妈妈的不支持，她坚信，只要他们全力以赴，这件事是一定可以办成的。我不知道该怎样来劝服我的姐姐，我只能长久地沉默。事实上，我既无法解脱那些被误解的亲人，也无法让受到挫败的亲人得到一些安慰。在沉默中，我一口接一口地喝酒。

以后的故事，变得简单。在姐姐差不多24岁这一年，一个叫蔡长明的老童生给我姐姐说下一门亲事，家在我家乡的镇郊，也是农村，但是以种番茄、辣椒、青菜、西瓜等为主，几乎不种玉米、水稻、棉花。因此，他们的活计都相对要轻松一些，跟那些被规划了种棉花、玉米、小麦、水稻等纯农业的地方比起来。他们是蔬菜大队，为镇上的居民提供鲜美的蔬菜是他们的主要责任。而平时所吃的粮食，他们也像城里人一样，是凭本子到镇粮公所购买，他们被称做“定销户”（区别于“定量户”，那是真正的城里人）。这种介于城里人和乡下人之间的地位，让他们在真正的城里人面前觉得自卑，又在地道的乡下人面前觉得优越，俨然就是半个城里人。父亲和母亲的相亲结论是惊人的一致，一直跟父亲闹点小别扭的母亲还从没有跟父亲这么一致过，就是不同意。理由很简单，一是太穷，娘儿俩个住三间四面漏风的茅草房，家里没有一件像样的家具，如果请一桌人吃饭，凳子都凑不齐；二是听说未来的女婿从小就以顽劣著称，现在也不是特别懂事。要不然，怎么这么大了还说不上媳妇？这实在有些门不当，户不对的。这不只是我父亲当干部，我们家也是当地数一、数二的有钱人家，住着四间青砖小瓦、实墙实盖、带院子的漂亮房子（那时候的苏北农村，80%以上是草房子，少部分的瓦房子，也基本是用筒墙、红砖、红瓦盖起来的），银行里还有好几千元钱的存款。这可是一大笔钱，在当时，一千元钱就可以建起一幢四间大瓦房子来。因此，那样的家庭固然是父亲和母亲不能接受的，一是怕姐姐去了受苦，二是怕二伯父、二伯母要埋怨和责怪。

蔡长明说，媒人牵个线，同不同意是你们家里的事。在说完那句古老的格言“一世修不到个城脚根”之后，他又补充了一句，蔬菜大队每年都有土地工的名额呢。他家小子是手艺人，老娘又老了，有了名额还不是你家姑娘的。这后一句话，让我的父亲和母亲犹豫了一下，留了一点余地，说回去再商量。

我的父亲和母亲回来跟我姐姐一说，我的姐姐几乎立即答应。“我要做土地工”，我的姐姐说。她目光如炬，目标明确。我妈妈提醒说，那家里可不太富裕，小子也不太懂事。“我要当土地工。土地工过了十年，就可以转户口”。我的姐姐又重复了一遍。这个土地工可以转户口的说法，不知道姐姐听自何处，我至今也不能明白。亲事就这样定了下来。在正式定亲之前，父亲、母亲带着姐姐去了一趟县城，特别征求二伯父和二伯母的意见。二伯母说，姑娘给了你们家，就是你们家的人，你们做主。我们没意见。父亲说，我们主要听姑娘的意见，是她到人家去过日子。再说，父亲也觉得，姐姐的年龄也不宜再拖延下去了。姐姐一百个情愿，二伯父和二伯母也没有特别的意见，父亲也就决定了这件婚事。父亲和母亲最后跟姐姐确认，父亲说，你自己选的人家，将来可不要后悔。姐姐的回答很肯定，我自己选的人家，嫁过去就是跟他讨饭，我也不往娘家走半步。话说到这个份上，也就没有什么余地了。

相亲不到一个星期，就确定了举行定亲仪式的时间，在乡下，那还是比较隆重的。定亲后不到半年，我那位姐夫家就托人传过话来，说下半年就有土地工的指标，必须结了婚才能用得上这个指标。于是，姐姐很快就又结了婚。大家心里都有几分明白，那家里是怕夜长梦多，才要赶快结婚的。姐姐的婚事虽然说不上是“闪电式”，但至少也是很快的一例了。在乡下，有些姑娘很早就定亲，要过上七八年才结婚，因为当时的“婚姻法”提倡晚婚、晚育，规定是25岁才能结婚。早定亲，晚成亲，不仅可以让女婿上门帮着干活，而且四年八节的，也可以收女婿家的不少礼品。对于女方家来说，这是非常合算的事情。不过，父亲一点不在乎这些。他是个有些高傲的人，瞧不起这些小伎俩，包括那些靠贺寿、生孩子之类事情，收别人礼金的人。我们家是很少办事请客的人家之一，除了过年时候拉“龙门阵”，那都是一些客套和应酬，也就是一个热闹。只有花钱，却无利可图的。

我姐姐结婚了三四年，也不曾有土地工的指标。后来，似乎终于有了那么一次，但姐姐又没有轮上，在她前面，有许多排着队的人呢！再过了一些年，工厂慢慢地多了，不需要土地工的资质，也能去上班；工厂也不怎么行了，姐姐没什么文化，也得不到什么好工种。于是，让姐姐去工厂，姐姐也不愿意去，觉得还不如种菜和在菜场卖菜来钱。人又比较自由，不受太多的管束。

土地工的故事就要接近尾声了。要补充交代一下的是，我的姐姐至今仍然是我家乡镇郊的菜农，她今年41岁，我的小外甥17岁。在乡镇企业，女工的退休年龄一般为45岁，也就是说，哪怕我的姐姐愿意去当一名土地工，工厂也不会接收。

从5岁那年，我姐姐迈进了我家的门槛，就注定了她这一辈子就是农民。农民，这个身份像一块胎记一样，永远无法抹去。甚至，它透过皮肤和肌肉，也长到了骨头上。她的愿望和反抗都注定像一个算命先生对姐姐说的四个字：竹篮打水。

我的姐姐又给我搛了一筷鱼，说，吃菜。

龙 凤

小时候，正逢上人民公社，男、女社员都在集体的地上出工。每个生产队都有一根高高的旗杆，一只洋铁的喇叭筒子。旗子升了，就要赶紧出工；等旗子落到一半，就算是迟到，是要扣工分的；旗子落了一半就不再落了，要等到下工时再升上去，省点事。当然，还有一只洋铁的喇叭，是通知开会、学习以及出工地点的。这些都掌握在生产队长手里。社员们出工，除了干活，就是说笑，这说笑里除了乡间俚俗，小道消息，张长李短等荤荤素素，就是给人说媒。说媒，本来是成年男女的事，可不知怎么的，也扯到了小孩子家身上。

这也不奇怪。那时，没有幼儿园。村上的小学要满七周岁才能报上名，那些上不了学的小孩成天没事干，就满村子里疯玩。有时候，就跟大人们一起，混在田地里。大人们看着小孩，自然就有了关于小孩的话题。乡下人不关心别的，娶妻生子，传宗接代是第一要务，建房子则是第二要务，是为第一要务服务的。既然建不起房子，那就谈谈小孩子未来的婚姻大事吧。这就兴上了给小孩“做媒”。

小孩还那么小，做什么媒？不小，过去不是有“摇篮亲”（给睡在摇篮里的小孩做亲），甚至还有指腹为婚呢。这么活蹦乱跳的小子、丫头，有什么不可以。于是，就某某家小子、某某家丫头的说开了。引子到处都是，小子与丫头在一起玩了，吵架了，都可以成为由头。有时，这么说的主角不是别人，竟是双方父母，就这么半开玩笑地说，也不知有几分假，有几分真。当然一律的在说完以后，说自家孩子不配的，或者是房子没对方家好，或是长像没对方好看，或者是对方家是干部。你可别说，还就有这么成了的。大家说说，双方家长都有了意，关系往往就真不同一般起来。至于小孩子呢，什么也不懂的，但也懂得害羞，那对未来的“小夫妻”从此就不在一起玩了，见了面也不说话了。好像这是真的似的。这种关系往往都带到学校里(当然是其他孩子说的)，带到小学，有的要带到中学。当事人也有口难辩，从此就多了一个缺陷(话柄)在同伴手里。吵架时就成了对方致命的杀伤武器，一般是招架不住的，除非对方也有这么一段童年的“恋爱”故事。

在乡下，这有游戏的性质——差不多，就是娱乐的一种。

我的“媳妇”特别多，有好几个。原因很简单，因为我的爸爸就是那个手拿喇叭，同时掌握着旗子升降大权的生产队长。大家出于巴结的需要，就特地为我多找了几个。我的父亲平时总板着面孔，动不动就骂人、训人(我父亲还好，有的队长还打人)，好像每个社员都欠我家的三斗三升小麦似的。只有给我“说媒”的时候，我的父亲才喜笑颜开。队长的包装被撕开，一个农民父亲的本性暴露无余。于是，只要我在田间玩，就有人跟我说媒。我听了，就拿土块砸那个人，那人就嘻嘻哈哈地在田里逃窜，乐得逍遥一会儿，我父亲嘻嘻哈哈的也不管。有时候，我急了就拔那个人侍弄的那垅庄稼。那人才不管呢，反正也不是自家的。这时，倒是父亲不笑了，板起面孔训我，说不要破坏集体的庄稼，并喝令我回家找爷爷、奶奶玩去。

那时，我爷爷、奶奶都没去世，他们年纪大了，都不出工的。这里面也有毛遂自荐的。这时，我就不能打人家，只能脸红了，是不是也怕未来的丈母娘或者老丈人？龙凤就是她妈在我妈面前毛遂自荐的。起因是我妈夸龙凤勤快，才 7 岁，就一个人挑草喂了 3 只羊，不像我，死懒，什么活也不干的。于是，龙凤她妈就顺着杆子向上爬，说："那就给你家小子做媳妇吧。"说完了，又照例谦虚一番："你们家不要我家的丫头哟，嫌我家住的草房子呢。"我家的确住的是瓦房子，青砖小瓦，还带着一个不小的院落。这是我们那一带最好的房子，比大队支书家的还好，因为支书家是旧瓦房，1947 年土改时分的一个地主家的。因此总有人说我爸贪污，经济上有问题，但每次工作组来查，一点问题都没有，那时的工作组是动真格的，对他们的可靠性是不用怀疑的。龙凤她妈说完了，还转过头来问我："你嫌不嫌我家龙凤不好看?"我什么也不说，转身就跑了。

龙凤跟我同岁。龙凤为什么叫龙凤，与中国传统的龙凤呈祥不禁暗合，这倒不是她家特别有文化，而是龙是她家的字派。她的哥哥就分别叫李龙山，李龙贵，她家姓李。至于叫凤，在乡村里，什么大凤、小凤的，是个很一般的女孩子的名字。龙凤生着一张瓜子脸，皮肤白白的，眼睫毛黑黑的，长长的。就像卡通片上漂亮女孩的样子。龙凤应该算是个很好看的女孩。但是龙凤脏，她的脖子上常常有"黑鱼"（乡村里对脖子上污垢的戏称），由于她生得白，就特别醒目。她还爱拖鼻涕，一不小心，二条"青龙"就下来了，要不，就是两条"白龙"。再"呼噜"一声，就全吸进肚子里去了。过不多会儿，又"下凡"来了。长此以往，上唇和鼻子之间就有两块白的疤痕，洗也洗不掉。我最怕看龙凤"拉鼻涕"。小时候，我可是个爱干净的男孩，白白净净的，从不"拉鼻涕"。我妈也爱收拾我。我妈有的是时间，她下工回家不用做家务的，家务由我不出工的爷爷、奶奶包了。

我妈回家后是很舒服的，就打打毛衣，结结渔网（我们那儿靠着大海，渔民捕鱼需要网，就办起了一家线网厂，把活儿放给大家做。那是人民公社时期，我们那儿的妇女们的主要副业），再就是收拾我。我不喜欢“拉鼻涕”的孩子，尤其是女孩。

龙凤跟我的事在队里传扬一时，大家都说得有鼻子有眼睛的。但是，竟然没有传到学校去。原因很简单，是我的小同学们给我在班上重新找了一个小女生。我被他们一直说到上初中。我的学习成绩一直很好，这件强加的婚事，是我的心头之患，是我在很多时候转胜为败的转折点。因为，只要别人一说这事，我就立即见血封喉似的，整个没戏了。关于这桩“亲事”，我准备在另一篇文章里再说。我想，这篇文章的名字就叫《兰》，兰，是我那个小学“媳妇”的乳名。

龙凤呢，龙凤跟我也在一个班上。我是班上的副排长(副班长)，她是班长(组长)。她的算术学得不错。但还是很脏，还是“拉鼻涕”。后来，我读了高中，她没有考上。后来，我考上大学。我大学还没毕业，她就嫁了人。等我毕业工作，她已是一个孩子的妈了。丈夫家也不远，因此经常抱着孩子回娘家。丈夫家做生意，挺有钱的，因此不用她干活，专职带小孩。她的脖子上早没有“黑鱼”了，也没有鼻涕了。说真的，龙凤是挺好看的，用城里的眼光看，也算得上是美女。我们常常在一起说说话。当然，“拖鼻涕”和“黑鱼”的事是不说的。我们只是说，小时候读书，大家怎么就相互不讲话。当然是不好意思了，我说。那时候真怪，她说。当然怪了，要不怪，现在又会怎么样呢？谁也说不清楚。

过去的那档子事，不知道她还记得不记得。我也不好问。都是“陈芝麻，烂谷子”的事了，还说了干什么呢？

有一个小插曲，我得说一说。就在我读高三的那一年，有一个好事者来说媒。这次可是真的，不是游戏。说的就是龙凤。龙凤这时在一个乡办厂上班，长成个漂亮姑娘。上班，下班，总有小伙子跟在后面，有的甚至跑到她家来了，被她的父亲拿根扁担，把这些追求者打将出去。这都是媒人说的，我相信这都是真的。只是不知道，这是不是她家里的意思，他们是不是还记得十几年前的约定，才来提这事儿。我妈妈确实有点意思，可我爸爸不行。他说，孩子要高考了，不能分散精力，以后再说吧。我爸的意思是，我要是考上了大学，这事就没戏。在乡村，这就是属于两个阶层了。

我们村就发生过好几起这样的事，因为考上大学，或者被招工、顶替，双方就毁去原来的婚约。这大家都能理解的，只不过还是要闹一阵，闹一阵子也就算了。总不要影响别人的前程，这是劝说者的说辞之一。最后，也就是赔点钱了事。这时候，主要的也不是钱，最大的意义就是挽回丢失的面子了。乡下人，爱面子。在村里，我爸爸就是以精明而著称，他可不想惹这些麻烦。这件事，我想龙凤是不是知道。一次她抱着小孩在我家玩，我妈羡慕不已，因为我还没谈恋爱，而且，当时也没谈的意思。我妈就半是羡慕、半是玩笑的说，要是龙凤嫁给了我，孩子也该这么大了。龙凤说，他是大学生，不会要我们农村人的。说完，她就抱着孩子走了。

龙凤是个好姑娘。身材好，皮肤白。眼睫毛黑黑的，长长的，就像动画片里的姑娘。她的手特别巧，在绣品厂工作时，绣的画还得过奖。她还特别勤快，孝顺。真是个好姑娘！要是你不考上大学，你们说不定还真会结亲。我妈妈总爱这么唠叨。那又会怎么样？我说。

生活，谁又能说清楚？我写这篇文章的时候，龙凤的孩子该读小学三年级了。而我，在一个中国的大都市里，为了自己的人生目标在苦苦奋斗着。我还没有结婚，女友在另外一个城市，我们之间隔着两条中国著名的大河，一条是长江，一条是黄河。

兰

兰是龙凤家的邻居。当然，也就是我家的邻居。兰和龙凤又是同桌。兰小我们一岁，她能够来读书，是因为她妈是村里的干部，就是妇女主任吧，管计划生育和夫妻吵架的。

其实，她自己也吵架，只不过是关在家里吵罢了。都是邻居，谁不知道谁。那时候，生活过得凄惶，吵架就成了生活里的调味品，是味精、麻油或者茴香。不，简直就是盐，没有吵架，整个就活得没滋没味。不经意打碎一个碗要吵，当然吵的结果，是摔碎了更多的碗。然后，一块儿用扫帚扫出去，倒也不麻烦。在队上出工，被扣了工分要吵，先是跟计工员吵，再跟队长吵，然后回家拿老婆撒气，那就跟老婆吵了。

兰的妈妈搞了一次特殊化，6岁的兰就跟我们坐在了一个教室里了。而且坐在最前排，她个儿小，当然要坐前排的。这不是什么特殊化。兰背书不快，做算术题也不行，老是要被老师留下来做作业。兰太小了。那时成绩不好是要留级的。留级对学生来说，是件最不光彩的事，就像士兵打仗做了俘虏一样没面子。留级生往往会坐在教室的最后排，一个个笨头笨脑的，一遇上老师提问题，就更笨得不行。留级生最大的问题，是要被比自己小的学生叫做“留学生”，这是一种最大的污辱，留学生是什么人？是有天大的学问的人，把留级生叫做“留学生”，当然就是一种污辱。兰的成绩也不好，就是没有留级，她升呀升，从一年级升到二年级，二年级升到三年级，后来，又从小学升到了初中。升到初中，兰就不再升了。因为，高中是要到镇上去读的，而且要经过县里的统考，统一考试，统一阅卷、统一评分，那是很严格的。兰的妈妈当然没有办法去管那些不认识的老师，因此，兰就再也升不了学了。兰的妈妈实在有点揠苗助长的味道。

从一年级开始，大家就说兰是我的媳妇。于是，我的媳妇就从龙凤换成了兰。是因为兰和我是邻居，还是因为兰的妈妈和我爸爸都是干部？也可能是有一次下雨，兰和我合一把雨伞回家吧？我也说不清。反正大家都这么说，就像是真的似的。“兔子”拍着胸脯说，我打包票，兰肯定是你媳妇。他凭什么打包票，但他就敢打了，还拍着胸脯，好像是胸有成竹似的。因为大家都这么说，我小学五年没跟兰在学校说过一句话。回到家里，也是在没人的时候才敢说话，还特别短。那架势就好像兰真的要做我媳妇似的。

其实，谁说得准呢？说句真心话，兰长得蛮好看的。小小的，十分的秀气。说话也好听。兰从来不“拉鼻涕”，是个干干净净的女孩，这一点就胜龙凤一筹。

兰初中毕业就回了家，我读完高中，又读大学。我读大学的时候，兰在家里开了一爿小店，卖火柴、火油、毛巾、盐什么的，都是日用品。我放假回家后，没事干，就常常到兰的小店里玩。兰特别喜欢读书，是读小说，我就借些小说给她看。我学的是中文系，小说还是有的，每到放假，就从学校图书馆借回一大堆。我倒读得不多，都是给兰预备的。我们一起聊天，挺谈得来的。这时，倒没人说我们是一对了。大概是因为我的“身份”变了吧，农村的孩子读了大学，那就是跳了龙门（“农门”）的。大家都知道，一个大学生是不会娶一个农业户口的女孩做老婆的，除非他脑子有问题。再说，就是他自己愿意，他的父母也不会答应。这是常识。

但是，后来还是出了问题。一天，我妈妈要我少到兰那儿去玩，原来，兰已定了亲。我想这事肯定是兰的妈妈照会的。原来，我经常去玩的事，也传到她的“未婚夫”的耳朵里，于是就大吃其醋。这事，兰也对我讲过，讲过以后，她又说，“脚正不怕鞋歪，让他说去。”兰一点也不爱他，他们是别人介绍认识的。谈到她的未婚夫，她说不出更多的好，也说不出更多的不好。她嫌他生得黑，又不大会说话。问她怎么就愿意了，她说，不愿意又怎么办？那家人家做生意，挺有钱的，她妈妈挺满意。农村里也不是大学，兴什么自由恋爱什么的。再后来，姐姐也来对我说，要我不要再去兰那儿玩，因为兰的那个未婚夫的家就住在我姐姐嫁的那个队。看来，这事传得够远的。姐姐告诉我，兰一直想跟那家毁掉婚约，教我千万别被搅和到这事里。我只觉得这事挺滑稽的，这关我什么事呢？但我还是去兰那儿少了，这样，兰也就没有书看了。

一次兰遇上我，问我怎么不去玩，我就觉得挺不好意思的。其实，我还是挺喜欢兰的，至于谈恋爱的事倒是没想过。倒不是因为什么户口不户口的，我那时特别想到更大的地方去闯荡，也就把男欢女爱的事放到了一边。要不然，我跟兰之间，还真说不定会弄出点事来。去传个十里八里、十年八年的。可惜，什么事都没有发生。兰的生意做得特别好，大家都愿意买她的东西。不知道是兰卖得东西好，还是话讲得好。我终于发现兰的天才不是读书，而是做买卖。

没过几年，兰就结婚了。我看到她抱着个小子，在她妈妈门前打谷场上晃来晃去，小子皮肤黑黑的。是不是也像他的爸爸？

兰在结婚前，确确实实地闹过一阵子。但兰的婚约还是没有悔成。它就像一纸铁板文书，坚硬而且蛮横，秀气而柔弱的兰就只好用一生来履行那份乡村契约了。

焦家老头

焦家老头几年前头发就白了，是芦花那样的灰白色。他胡子拉碴，因为，只有在理发的时候他才会刮一下胡子。他的胡子，当然也是花白的。其实，他才五十多岁。刚刚五十多岁，他就被别人称作老头了。

他的身体是健壮的，这说明，从生理上来说，他还不能算是一个老头。他似乎也每天都在这样证明着。地里的重活儿，比如像施肥、担水浇菜等，都是他干。因此，儿子外出做工以后，媳妇秀凤几乎没有什么重活要做的。这一点，秀凤比谁都清楚。但是，秀凤从来没感激过他，就像从来没有叫过他一声“爹”一样。秀凤提到老头时，常用这样几个词，“老不死”，“老畜生”，“老犬”。她对老头好像有着深仇大恨似的。老头子却好像无所谓，听到了就像没听到。旁边听的人听不过去了，说：“秀凤，怎么这样说你爹。”秀凤说：“你问他?”听的人也就不再说什么，似乎明白了几分。秀凤也不是什么小媳妇了，她是个黑黑的、高高的粗壮女人，嫁到焦家快二十年了。乡下女人容易老，不到四十岁的秀凤，看起来像是五十岁上下。说起话来像打快板似的，又急又快。

焦家老头沉默寡言，每天除了干活，就是吃饭、睡觉，真的有点变得像牲口了。我忘记说了，他的眉毛很长，有点像寿星眉毛，不过，正如他的胡子和头发一样，也是花白的。这样，他就有点慈眉善目的味道了。他的眼睛总是顺着，很少直视别人，在人们的印象里，他是老实的、软弱的、胆怯的。他的动作还有点迟缓，反应也不那么快。他像个被监禁多年，在晚年时才刑满释放的老人。老头子四十岁不到的时候，老婆就死了。他没有能续上老婆。怎么能续上呢？他的家是村里最穷的一户，在会计的账册上，有着他拖欠了许多年的借款，每到年底结算的时候，会计总要问他什么时候才能把欠款还上，而每年的结果都只能是，把焦家老头的名字继续挂在欠账本上。为儿子娶老婆几乎要了焦家老头的命，村里打光棍的总有十户、八户的，老头子算是对得起自己的儿子了。

焦家老头平日在地里干活。没事的时候，就搬张小凳子，坐在自家厨房的门口搓绳。他搓的绳，又快又好，远近闻名。他搓的绳，有麻的，有草的，有粗的，有细的。不仅自己家搓，也帮别人家搓。许多人都来请他搓绳，留着家用，他搓的绳经用。有时候，他还拿一点绳到街上去卖，卖了钱贴补家用，一个油饼、一块糖也舍不得吃。焦家老头搓绳的时候，表情自然，怡然自得，有时还哼着小曲。这是他最美好的时候。

后来发生了一件让人不相信的事。焦家老头的邻居家有个快三十岁的女儿，因为痴呆，一直没有嫁出去。据说，这年夏天，焦家老头用一块饼，把呆丫头骗进了玉米地里。据好事者描述，刚吐须的玉米给折断了一大片，至少要损失十五斤玉米。又据说，事发之后，儿子和媳妇把焦家老头“教育”（这个词是秀凤用的）了一顿。他们教育的内容是，呆丫头也姓焦，而且比你晚两辈，你这样做是乱伦，是畜生才做的事。他们没有从法律的角度来教育他，他们不懂，这是犯罪，当然也就没人去告他。儿子和媳妇给邻居家送去两只刚断奶的母羊羔，算是了了这件事。据说，从此以后，呆丫头见了焦家老头总乐呵呵的。

这些也可能是谣言。在寂寞的乡下，传播谣言是一种艺术实践活动，对于传者和听者都是一种享受。更何况，传者和听者一般都是双重角色，演员即是观众，观众也是演员。因此，有一些传得有鼻子有眼睛的事，其可信度往往要打上相当的折扣。但是，如果传这些话的是焦家老头的儿媳秀凤，它的真实性就有点不容置疑的味道了。而且秀凤还现身说法，说这老畜生是没出息，有好几次儿子不在家的时候，他就在半夜摸到自己的房间来，摸到自己的床边，并且要揭她身上的被子，想扒灰。后来给骂了几次，才不来了。老畜生真是个畜生，他还常常站在羊舍门口，盯着母羊的产门，呆呆的一看就是半天，有时还动手去摸。老畜生都疯魔了，是个老花痴。

焦家老头对此一言不发。人们也看不到他的反应。他像个没事的人一样，干活，吃饭、睡觉。他真像个牲口一样，只知道干活，一声不吭。秀凤一声声地骂他，他也听不见。他是一头又聋又哑又老的牲口。

过了大约半年，焦家老头死掉了。大家一点也不奇怪。焦家没有像乡村的常规做法，大举发丧。他们把丧事悄悄办了。

焦家老头是上吊死的。他用的是自己搓的一种小麻绳，还沾上了水，这样就很结实。选用这么细小的麻绳，还要沾上水，说明了焦家老头必死的决心。

他是吊在羊舍门口死的。

剃头匠

村里的老剃头匠越来越老了。

他已不能骑着自行车四乡八里的上门去给人剃头了。于是，他就在小镇的边缘开了一家理发店。那理发店很小，一点装潢都没有。没有彩色的灯，没有时髦少男少女的画像，也没有收录机播放的流行音乐。他不焗油，不烫发。他最大业务就是染发，把白头发染成黑的，这也是照顾像他一样的老年主顾。就那么个冷冷落落的小剃头店，年轻人是不上门的，只有那些老头、老太太。但是，这样的一个剃头店，一个老剃头匠，与一个乡下老头是很相宜的。

在乡下，理发师不叫理发师，叫剃头匠；理发店也不叫理发店，叫剃头店。

老剃头匠有病。好像是肺方面的病吧，经常咳嗽，还吐血。也不知道，这是不是跟他的职业有关。因此，他在剃头的时候，总要大声咳嗽几次，然后跑到门外去，大声地吐痰，都是黏稠的浓痰。如果这些痰不吐出来，他说不准就会被呛死。这些毛病是年轻人无法容忍的，除了那些贪图便宜的老头、老太们。剃头匠的收费是非常便宜的，在别人收一块时，他只要五毛；别人收两元时，他只要八毛。就凭着这点，他还有生意做，还能养活自己。其实，养活不养活，他也就是半条命了。这一点，他也像别人一样清楚着。剃头匠有些黑，有些瘦；腰，像虾一样，弯了。

一个来剃头的老头说，你别看他现在这样，三十多年前，他可是方圆十几里有名的人物，威风着呢，厉害着呢！

三十多年前是什么时候？是“文化革命”。老头省略了中间的那个“大”字，但大家还是都听懂了，谁还会不懂，只要是中国人。是的，三十几年前，是剃头匠年轻着的时候。那时，他的身材高大，腰板结实、挺直，胖脸，肉往两边横着长；眼睛则像两个小铃铛一样，暴凸出来，有点儿像乡下的蛤蟆，面相挺凶的。这样的身材和面相，实在不适宜当一名理发师，或者剃头匠。当他拿起锋利的剃刀的时候，总容易让人联想到杀人犯，让人脖颈发凉。事实上，他也差点就不用当他的剃头匠，也不用干他的剃头匠活了。

剃头匠那时三四十岁吧，是村里的造反司令。他的造反组织有个很诗意的名字，叫“红五月”，他也就是个名副其实的红司令了。每天，他们忙着抄家，开批斗会，刷大字报，组织大家跳“忠字舞”，迎接毛主席的最高指示。真是忙极了！这些都是革命工作，他做得一丝不苟。

剃头匠也不剃头了。说错了，有时还是剃的，就是给人剃阴阳头，或者十字头。这是游街，或者开批斗会的需要，也是革命工作。每次都是他亲自执剪，他有这个癖好，这是他的专业。理完了，还用刀子替人家刮得干干净净的，十天半个月，也冒不出头发茬来。这样，也显出了他的职业特点，他的技术水准，他的敬业精神。因此，这些被斗争过的人，在会后，只得花八分钱，请人把剩下的头发也给剃掉，干脆做一个光头和尚，或者洋钱(银圆)上的那个那个想过皇帝瘾的大坏蛋——袁世凯。

当然，剃头匠打人就更凶了。那股狠劲，没法说，主要是因为他有力气。据村里人说，剃头的人天天悬空拿着理发剪和剃刀，手上都有股悬劲，这是长期练习出来的，所以打人特别疼，特别狠。不说别的，“文革”结束后，那些在“文革”中被他打过的人，来寻仇的也特别多，也许因为那钻心疼痛的记忆吧。有好几次，他给人家阻在路上或者家门口。他知道，人家的来意是什么，连连点头，鞠躬，赔不是。但仇家竟然一点也不宽恕，也不看乡里乡邻的分上，抬起手就是“啪啪”几个大耳刮子。好几次，他给打得满嘴出血。“我要打出你的牙来”，这是一个复仇者说的话，当年，他曾被剃头匠一拳头，打掉了三颗牙。剃头匠当时结怨有多深了，你就可以想到了。

他为什么这么凶地整人、打人？他有他的道理，他的理想。他说，“我不愁公社不给我干部做”。那就是说，他这么卖力地干，或者说这么卖力地打人，斗争人，就是为了做官。而且，他的官瘾也不大，就是在大队里或者公社里弄个一官半职的。这不能怪他，他不过是个小小的乡村剃头匠，走村串乡给人理发，剪一个头，女的六分，男的八分，小孩才五分。你能让他有多宏伟的理想呢？

要不是后来出了点儿事，剃头匠说不定真就实现自己的理想了。他把“李铁梅”的肚子给搞大了。“李铁梅”真名当然不是这个，也不姓李，只不过因为人长得漂亮，戏唱得好，演《红灯记》上的李铁梅出了名，人家就这么叫她。她有一对让男人眼馋的大大的奶子，只要有她的戏，村里的小伙子全去看，不看别的，就看那对大大的宝贝。这李铁梅早就是公社革委会主任的秘密相好了，后来，被调到公社广播站当了广播员。他搞了李铁梅，不仅让广大人民眼里冒火，主任自然也饶不了他。于是，他终于被找了一个非常革命的理由，从造反队伍里给清除出去了。事情竟然非常简单，他有个远房的表叔，在解放战争中被打死了。不过，这个表叔不是什么烈士，因为他是个国民党兵。他长期向党和组织隐瞒这段反革命历史，最终被革命群众揭发出来了。

于是，他只好重抄旧业，去走街串乡给人剃头。他成了一个落魄的人。

一直到现在。

造反

莲

如果不死，莲也该做奶奶了。

她该花白了头发，怀里抱着孙子或者孙女，在乡间的小路上晃悠。带着几分骄傲，带着几分温暖的爱意，就那么在夕阳下走着，影子拉得长长的。如果孩子能够走路的话，那就牵着孩子的手，在路上慢慢地走。

做奶奶是幸福的，难怪妈妈总是催我结婚；结了婚以后，又催着我赶快要个孩子。可是，我至今还没有满足妈妈的这个愿望。关于莲的故事，就是听妈妈讲的。

莲不仅没有能做成奶奶，而且没有过完她的青春岁月就死去了，她是投河死的。她死的那一年，我还没有生，大概还要再过五年，我爸爸和妈妈才把我生了出来。莲死的那一年是十九岁。

莲是不是生得很漂亮？我没有能看到过，妈妈在复述时也没有讲。妈妈只是说，在干活的时候，年轻的小伙子们都爱跟莲说话，爱帮她干活。那时候，妈妈和莲都在人民公社的土地上幸福地劳动。这似乎是莲生得漂亮的一个旁证，也是莲死去潜在的原因。

莲是18岁那年嫁到村里来的，她的丈夫12岁。莲像石榴一样，饱满得胀开来了；而她的丈夫却还是个孩子，在新婚那一夜，他尿了床，这不是第一次，也不是最后一次。一直到他成年以后，他第二次结婚，才克服了这个毛病。当新婚的第二天，莲把那尿湿的被褥和草席晒到太阳下去的时候，她一定感到了透心悲凉。她一定悲凉。

她是她的公公九儿爹用五百斤大米娶来的。当然，那时候，莲的公公还不叫九儿爹。那时候，他还是一个三十七八岁健壮的海边上的农民。他因为一辈子生了九个儿子，而在晚年的时候被人们尊称为九儿爹。这在乡土社会，给他带来一生骄傲的九个儿子，也是他一生中的心腹大患——那就是，怎样让这九个儿子都娶上媳妇。莲是他的第三房媳妇，这个时候，他已经有了充足的经验，因此，第一个儿媳花了他八百斤大米，第二个儿媳花了他六百斤大米，而莲只有五百斤。就是这样，还是让九儿爹心疼不已。他有九个儿子，这意味着将要用去他的差不多三吨大米，在半夜里一盘算起这些，农民九儿爹就会伤心不已。他一点也没有感受到生下九个小子而应有的那份骄傲。

为什么不等儿子成年，就把媳妇娶回来，九儿爹自有打算。因为，他还有五个没有成年的小子，单靠他和九儿奶奶在队里劳动，每年连粮草钱也不够。后来，娶回了两房媳妇，这个局面有所改变。这一年，他余下了五百斤大米，娶回了莲。因此，他需要尽快地娶回一个儿媳来。他要靠娶回来的媳妇，为下一个儿子娶回媳妇。这个经济学原理，九儿爹懂。莲就是公公九儿爹这一计划的直接产物。莲结婚第三天就到队上的地里出工，大家都争着看新媳妇。小伙子们说："可惜啊，虽说结了婚，还是只没开过的瓜呢。"旁边就有人说了："你是不是想开她的瓜？"于是，几个人打笑成了一团。莲在这笑声里，羞红了脸。她不能说，结婚那一天，他的丈夫不仅和其他的孩子争抢鞭炮，被人打哭了一次，还在夜里尿炕了。

但是，那些小伙子们虽然说笑，也是过一过嘴瘾。九儿爹锐利的目光像鹰隼一样盯着自己呢，他像一头护崽的公牛，随时准备跟想沾自己儿媳便宜的小子干一架。九儿爹身材高大，能扛起队场上的石碌碌走三圈，脸不红，气不喘。没有人敢得罪他，除非他想弄个断胳膊折腿什么的。那些骚情地帮她干活的小伙子们，都是要避开九儿爹的。莲总是低着头、红着脸，接收这些热情而暧昧的帮助。她不爱说话，在别人跟她开玩笑时也是这样，她从来不知道该回答什么。

后来，便传出九儿爹上莲的床的事，有鼻子，有眼。大家便在第二天偷偷看莲的脸色，有人说，果然是红润了许多。年轻的女子，没有男人的滋润，不会那个样。至于那个远近闻名的“拉尿（读“xū”）宝”，目前还没有这个能耐。而且，莲似乎比以前更羞涩了，更爱脸红。大家便把这些作为九儿爹上了她的床的证明，除了九儿爹，还有谁能有这种机会。大家甚至想方设法到“拉尿宝”嘴里套话：“你爹是不是跟你们睡一起了”？等等。有时，也到“拉尿宝”的弟弟们嘴里套话。有一次，有人放出话来，说九儿爹亲自说的，九儿爹说自己是没有办法才上莲的床的。这么年轻的媳妇，哪能拴得住心，儿子还小，自己只能先带在手里，等儿子大了再说。不然，这媳妇早晚得跟别人姓了。这话说得有几分道理，大家信。他要捍卫自己的那五百斤大米，这个理由也值得充分尊重。那些馋嘴猫似的，整天跟在莲后面献殷勤的小子们，不能不让九儿爹感到一种潜在的危机和威胁，迟早有一天，在九儿爹鹰眼不能顾及的地方，哪只猫会把莲给叼走的。

再后来，莲怀孕了。尽管莲扎紧肚子，但夏天来了，没有更多衣服来掩饰这一切。莲的怀孕已经是个不争的事实了，大家的兴趣不再是九儿爹是不是上莲的床的事，而是莲肚子里的孩子是谁的。这肚子里的家伙来得匪夷所思，不是九儿爹的又是谁的？这么一说，九儿爹应该称为十儿爹才对，如果莲肚子里的也是一个儿子的话。

可是，莲没有能把这个儿子生出来。五个月的时候，莲下河洗衣服时，死在了河里。她是早晨天刚亮的时候下河去洗衣服的，每天，她都是这个时候下河去洗全家的衣服。只是这一次，没有走回去，在太阳升起前把衣服晾到晒衣绳上。九儿奶奶发现她的时候，莲漂浮在了木水跳（注：乡下搁置在水边的凳子，有木头的，也有石头的）下面。人们把她拉上来，再搭上牛背的时候，她已经死了。

莲是自杀，还是不小心落水，这成了一个谜。死去的不仅是莲，还有肚子里那个来历不明的孩子。

这个谜至今没有解开。而这个故事，早些年还有人说，现在，连说的人也没有了。因为，莲的那些同龄人大都做了奶奶了。她们要说孙子的事，说儿子的事，说儿媳的事。

没有人还记得莲了。

杨酒壶

杨酒壶是杨小明的父亲，杨小明是我的小学同学。杨小明生得小小的，瘦瘦的，白白的，说话也是细声细气的；杨酒壶却是生得五短身材，结结实实的，由于贪酒，那张长着络腮胡子的大方脸就像秋天的柿子，泛着些许红色。还有那双眼睛，也飘着微红色的血丝，不知是酒精的作用，还是有沙眼。

杨小明在班上一点不起眼，成绩是中等，不爱说话，当然也就不爱生事。老师也不常提他的问题，偶尔提一回，他还能答个八九不离十，不值得批评，也不值得表扬。于是，回答完问题，老师就让他坐下了事。下课的时候，男同学们玩“砍钱墩”、“骑马”的游戏，女孩子则玩跳格儿、抓子儿，也都没他的份。他也就站在旁边看看，晒太阳。杨小明在班上是个可有可无的人物。

杨小明在班上乃至整个小学出了一回名，是因为他的父亲“杨酒壶”。当然，真名是叫杨贵山，因为好酒，得着了“酒壶”的称号。其实，那年头也没有什么好酒。从火柴、柴油到布匹什么的都要列入供应计划，酒也不例外。县里酒厂的粮食酒，只有到了过年的时候才能供应半斤、一斤的，也是让干部给买去了。杨酒壶喝的是地瓜干酒，还有楝树果的酒，前者微涩，有时还有一点焦味；后者则有一股挥之不去的苦味。那时候的乡下，满河、满岸的，长了许多楝树，这种树虽然木质不好，成材却是快，三五年就能派上用场，也符合当时“多快好省”的需要。到了秋天，楝树上结着一挂挂的果子，成了一道乡村风景。那也是小孩子玩弹弓时的“子弹”，想不到却能做酒，真不知道是谁的发明。于是，到秋上，镇上的酒厂就开始收楝树果，每逢星期日，孩子们便猴子一样猫在树上，摘楝树果。1 分钱一斤，一天能挣上三五毛钱的。一度时间，这曾经被学校列为勤工俭学的一个重要项目，直到摔坏了一个小学生为止，才被取消。除了孩子，大人们从生产队下工后，也去干，不过，他们一般不是猫在树上，而是用一根长竹竿，从树上打，像打枣子一样。杨小明一定也参加过这种活动，他父亲杨酒壶喝的楝树果酒里，一定有杨小明摘下的楝树果。

杨酒壶除了好酒，还好烟，“烟酒不分家”，这是乡下人的俗语。一个种地的男人，又好烟，又好酒，可不是什么好习惯。杨小明他妈肯定没少跟他吵架，不过，那时候也没什么好烟。好一点的烟不仅买不起，还要上计划。像上海产的飞马烟，还有前门烟，都是上计划的，只有干部才能抽上。至于过滤嘴的凤凰烟，那简直是奢侈品，凤凰烟是带香精的，抽起来，满屋子香，就是不吸烟的女人也贪吸那两口香气。这些烟，与杨酒壶都是无缘的，他抽的是 8 分钱一包的勇士烟，还有 1 毛 4 分钱一包的跃进烟，最好的就是 2 毛钱一包的红金烟。还不舍得抽，一包烟揣在怀里，都揉皱了。一个劳动日才几毛钱，一个劳动日呢，哪能就那么抽了。平时，主要是抽水烟，一方甘肃产的烟丝，够抽上半个月的，也不过两毛钱。不过，火柴上计划，不舍得用，就用火纸搓成芒子，不抽时让芒子亮着暗红色的火，想抽时对着芒子“嗯突”吹一口气，那芒子就着了，亮起了明火。那

“嗯突”一声不好学，不是行家，你愣使多大的劲也吹不着。

让杨小明出一回名的是一个秋天的上午，阳光灿烂，天气好得就像小学生作文里常写的那样，“秋高气爽，万里晴空，没有一丝云彩”，非常经典。那一天好像是下了第二节课，还有一节课就放学了，操场上的孩子正在玩他们古老的游戏。不过，奔跑的人少了，大家的肚子都钻进了一只青蛙，在咕咕叫了。早晨的那碗老玉米粥糊糊是扛不住那两节课的，许多学生只是在操场上闲逛，晒那暖洋洋的太阳，好像每个人都是太阳能充电器一样。小学校的东侧就是大队的灌溉渠，第七生产队的一群汉子正在修他们那一段水渠。就在这个时候，从那群人里传来叫好声，于是，好奇的小学生们都把目光注意过去了。这个时候，就看到一个人光着身子，肩上搭拉着一件衣服，从北边一路小跑了过来。在秋天的阳光下，他黑色的肌肉闪闪发亮，渐渐地近了，大家看见了那张长络腮胡的红红的大方脸，大家甚至看到了他胯下那一团黑乎乎的东西在奔跑中有节奏地晃动着。女孩子们早羞得躲到教室去了，这时，第七生产队的孩子就叫“杨小明，杨小明！”不爱活动的杨小明从教室里走出来，就看到了他的父亲正光着身子跑过来，所到之处，激起一片叫好之声。脸蛋白白的杨小明，他的脸就像父亲一样地红了。

整个一天，大家都在谈杨小明的父亲。事情的起因，只是打一个赌，有人说：“谁要是敢脱光衣服在大路上走一趟，就情愿输一包红金牌香烟。”红金牌香烟 2 毛钱一包。杨酒壶就成了应战者，目标是脱去衣服，走到大队部，大约有一里路光景，就可以赢得那件奖品。说是走，其实杨酒壶是一路小跑，也许这样做是为了缩短时间。他赢了那包烟，而杨小明则成了小学里的名人。

有不认识杨酒壶，也没有目睹那盛况的人，就到处打听。于是，就有人指指杨小明，“喏，就是他父亲。”杨小明躲在教室里，更不敢出门了。

但是，每到下课以后，还是有很多其他年级的孩子趴在三年级的窗台上，来看杨小明。除了男孩子，也有女孩子。看杨小明，可不同于看光着身子的杨酒壶，她们有这个勇气。

直到老师出面干涉，而且是来自于校长的干涉，才没有人再公开地来看杨小明。其实，在那个上午，学校就做了应急措施。在小学生们聚集在操场上看杨酒壶时候，上课铃就一声紧似一声的提前响了起来，小学生们不像平时那样，像小鸟归窠似的飞回教室，还想贪看一回。于是，各班的老师便开始赶学生们回教室。老师们不想让学生们受到不好的影响。那铃声解了杨小明的围，他正不知所措，两腮羞得通红的时候，上课铃拉响了。

一个星期后，红旗小学三年级学生杨小明退了学。三年级班主任何老师去家访，杨小明正在喂猪。杨酒壶说，小孩子读过书，能认识个男女两个字，到了街上不上错厕所就行了。何老师是个女老师，还没结婚。听他这么说，又有脱光衣服的事在先，怕他说出什么不好听的出来，就不再吱声。再说，那个时候，也没有什么义务教育法。于是，杨小明就退了学，在家打猪草喂猪。

现在，杨小明的儿子也到了杨小明打草喂猪的年龄了。他也在红旗小学上三年级，有趣的事，班主任还是当年的那位何老师。只不过，何老师早就结了婚，孩子在广州读大学。而杨酒壶，变成了个老头子，满脸花白的胡须，脸蛋还是红红的。他还是好酒，只不过不喝楝树果酒了，而是正宗的粮食酒；也抽烟，不是跃进，不是勇士，也不是红金，而是一块五毛钱一包的同根烟。

杨小明变成远近有点名气的小建筑包工头，家中建起了三层的楼房，他每年给父亲的年礼是：一箱粮食酒，还有两条茶花牌的香烟。其他的茶食、红糖、鱼肉之类全部免去。

应　贵

应贵姓赵，全称是赵应贵。但全村人不叫他赵应贵，只叫他应贵。不知道是为了省事，还是因为他是上门女婿。

应贵一家两件事全村闻名：一是他家有七个女儿，没有半个儿子，被人叫做“七仙女”；二是几乎天天与他的老婆惠英吵架，三天一大吵，二天一小吵，这吵架像吃饭的咸菜和腌萝卜一样为生活所必须。

先说这“七仙女”。你千万别听到这个名目，就产生类似《天仙配》中非常美好的感觉。这七个仙女，最大的也才15岁，为什么会有如此地生育密度，是因为有一次惠英一肚子生下了两个宝贝女儿，另有两个是以一年一个间隔生下的。这七个仙女的统一形象是：穿着又脏又破的旧衣服，拖鼻涕，还有几个是大沙包肚子。关于大肚子的印象，来自一个夏天，看到在南瓜棚下应贵一家吃午饭。她们吃的山芋煮粥，稀饭薄得照见人影，谁叫他家那么多孩子呢。七个仙女中的几个仙女全都光着上身，穿短裤，那肚子里已经装满了南瓜和稀饭，还在向里面装。因此，肚子奇大无比。乡下的说法，这“沙包肚”的来由是吃饱饭后拍肚子所致，而据医学上的可靠解释是：营养不良。这七个仙女长大以后，都有她们自己各自的故事，现在不说，还是先来说一说应贵家的吵架。

应贵家的吵架没有来由，有时吃着饭就吵了起来；有时候躺在床上，也吵了起来。说不上惠英是有多么凶的人，仗着自己在家欺负应贵，这说不上。但应贵确实是个善良的人，个儿瘦瘦的，高高的，见人就温和地笑。但就这样的两个人，怎么就吵了起来，而且还吵得不可开交，甚至一塌糊涂。他们每次吵架都是以一方的自杀而收场，不是惠英要自杀，就是应贵要自杀。他们试过多种自杀方法，投河，上吊，菜刀抹脖子，喝农药……凡是在当时的乡村，一切经济、实用的自杀方法几乎都试过。只是没有吞金，因为他们没有金子，要不然也许就不会吵架了；也没有割腕，他们没有医药知识，不知道有这么省事又悄无声息的死法，比抹脖子操作起来要简单得多。

他们吵架一般是四步曲：先是干吵，也就是对骂，两个人对骂得到彼此喉咙都哑了的时候，开始第二步，砸东西，先是砸顺手的东西，比如小件的碗、杯子，还有大件的钵子、水瓶、饭锅之类，到底摔什么，要视吵架的级别而定。三是哭闹，或者是应贵哭，或者是惠英哭，这时候，旁边便会响起七仙女的伴奏。在父母对骂和砸东西时，她们是干瞪眼看着，一个也不敢哭，这时候，她们的父母开始哭了，她们便有充足的理由大放压抑已久的悲声了。这场哭泣比赛，总把邻居们弄得毛骨悚然，于是，纷纷来劝架。因为吵得太多了，人们在第一、第二阶段时已经懒得拉架了。这个时候，进入第四幕：自杀。或者是惠英，或者是应贵，或是要投河，或者是要上吊，或者要喝家药。是真的喝，有一次，应贵喝农药，咕咚、咕咚就是几大口，后来被大家按着脖子，灌了半洗脸盆肥皂水，把农药全吐出来才救活了过来。还有一次冬天，惠英自杀，就真的跳到结冰的河水里。

他们一点也不是在表演，他们是实实在在的，痛不欲生。

刚开始的时候，干部还要被请来评理，后来，干部们也懒得来了。由他们去吵，只要不死人，就不要紧。在这吵架中，最难办的就是惠英的妈，不知该说谁的不是。她不能太多的怪女婿，也不能怪女儿，只有一个人躲在蚊帐里哭。这日子过得不好，也不由得他们不吵。

后来的故事是，应贵终于在一次吵架后死了。他喝的是农药，这一次，他是半夜一个人悄悄起来喝下的。等他在床上呕吐起来，请人来灌肥皂水，已经牙关紧咬，灌不进去了；在送医院的时候，还没到半路上就死了。惠英于是变成了寡妇，再也没有人跟她吵架了。

半年后，惠英再一次结婚。对方是个40岁的老光棍，还有一个耳朵听不见。据说，聋子第一次来惠英家，惠英就和他爬到一个被窝里，因此，这件事乡民们很不以为然。大家觉得惠英太贱了，八辈子没看见男人似的。再说，应贵死了还没有过三年，大家都为应贵抱不平。惠英说，不找个男人，谁养活这七个孩子？

惠英再婚不到一年，一肚子生下两个女儿，他们用其中的一个女儿，换来了一个儿子。那一家也是一肚子生了两个儿子，正想要个女儿呢！

现在，惠英已经老了。在她老年的记忆里，是不是还有那个应贵的影子，在纷飞的碗片的碎裂声里？

丁祥凤

丁祥凤是个男人。

丁祥凤是个医生。乡村医生，那个时候叫“赤脚医生”。

丁祥凤家喻户晓。1972年，他给海安县人民政府枪毙了，由此名声大振，被十里八乡的人们传说了几个月，甚至几年以后，人们还要对他的盗窃技术和手段发出感叹。

丁祥凤是外县人，属盐城专区东台县。我的姨娘跟他住在一个公社，一个大队。丁祥凤被枪毙后，姨娘说，丁祥凤是个好医生。不过，好医生不一定也是一个好人，而好医生也可能是个很有水平的盗窃犯，姨娘不懂得这个道理。

丁祥凤给枪毙的罪名只有一个：盗窃。不是偷牛，不是偷地里没熟的玉米或者麦子，不是偷邻家没有收回去的扫帚或者水桶，不是偷鸡或刚生下的鸡蛋，当然，更不是偷钱。他是偷了粮公所里的粮票，粮票，是那个年头让人活命的东西，偷了半麻袋。用麻袋来做计量单位，是乡下人的一种方式，虚指，意即其多。我们可以想象，丁祥凤不会带那种粗笨不堪、非常沉重的粗麻布袋去偷窃那种精细的东西。这又不是到生产队的仓库里偷粮食，或者到猪场里偷饲料！

粮票，如果不是收藏，现在要找这东西还不容易。可在那时候，却是随处可见，简直一天也不能缺少。城镇居民如果没有粮票，就没法从粮公所里买回粮食，那意味着，他要挨饿了。乡下的老百姓，袋里也会有几张粮票，没有这东西，你就是想到镇上吃碗面条，吃一只烧饼或者油饼，也不行。有钱也不行。在那个年代，人们倒确实体验着那条真理：金钱并非万能的。我这番解释不知能不能让不知粮票为何物的年轻一代，对此问题有一个认识。

丁祥凤就是偷了这样一种东西。

丁祥凤在一个月黑风高的晚上，来到海安县东部的一个小镇上。这是海安与东台交界上的一个小镇，叫李堡镇，是个重要的交通枢纽和军事重镇，有“李堡人生得苦，出门九个四十五”的民谚。他来到了粮公所，他把包里的软梯搭在粮公所的围墙上，然后爬了进去。这个“软梯”后来在丁祥凤的传说中，成了一个重要的道具。乡下人的意思，一个用“软梯”进行偷盗的贼，确实是个不一般的贼。他的高智商不容怀疑。丁祥凤的一些乡里人，甚至很有些骄傲，他们会告诉你，他家就住在丁祥凤家的旁边，就在第二家或者相隔只有一里地。他们有些人是看着他长大的，有的则是和他一起长大的。他们一点也不羞愧，或者因为羞愧不敢声张。后来，丁祥凤找到了存放粮票的地方，把大把大把的粮票小心装入自己带来的袋子里。他那时一定有阿里巴巴找到宝库的感觉，满眼金碧辉煌，不是金的，就是银的。其实，那只是一些粮票，上面像钱一样的脏，沾着很多的细菌和病毒。但可以确信，由于粮票在那个时代的重要性，在丁祥凤的眼里，那些粮票一定是金光闪闪的。他拿啊拿啊，装满自己的袋子，然后才胆战心惊又心满意足地离开。他从那条软梯上跨出了围墙，骑上放在阴暗处的旧自行车，走了。不能忘记，他的作案工具还有一辆60年代生产的凤凰牌自行车。

丁祥凤一直几个月也没有动那些粮票。在那几个月里，他一定既害怕，又兴奋。他像一个守财奴一样，看着自己的一大堆粮票。但是，他不敢把它们花出去。如果去卖，那只有到“黑市”市场上去，其危险性比偷窃也许还要大一些。他还是耐不住，拿了一些到“黑市”上去了，而且是拿到远离家乡的上海。在那里，黑市交易远为繁荣。第一次，他成功了；第二次，他也成功了。第三次，他带来足够多的粮票，来到了上海，他觉得不能对不起那笔交通费。这一次，他给市场管理人员抓了起来，交易票证是犯法的。但是，当管理人员从他身上搜出大数额的粮票时，他们觉得这里有更大的问题。丁祥凤不是上海人，那个时候，一般是上海人用粮票向江北人交换粮食、花生、鸡蛋。而这个江北人，却是把粮票卖给上海人和江北人。这里面有文章。电话打到苏北的各公安部门，海安县公安局立即与粮管所的粮票失窃案联系起来。紧急搜查他的家，于是，查出了更多的粮票来。就这样，丁祥凤被捕了。

如果丁祥凤当年不是那么急于把粮票脱手，如果把它们埋上个二十年，又会怎么样呢？那样，也许丁祥凤就不会被抓住，不会被枪毙。不过，那些粮票很有可能就是一张废纸了。不，也许碰上收藏家，也许会从里面挑走几张品相好，也比较稀缺的票证。除此以外，不会有太大的用处。

丁祥凤是被海安县公安局抓走的。据说，东台县公安局曾经来“引渡”过。但海安县公安局认为，丁祥凤是在自己县境内犯的案，理应由自己来处理。这样，东台县公安局的“丁祥凤是东台县人”的理由便被驳回。有人说，丁祥凤还是有点背景的，如果“引渡”成功，他也许就不会死。这里面，有地方保护的问题。说起这些，东台县人，特别是他老家的人，都为丁祥凤觉得有些冤。

据说，丁祥凤死得很“悲壮”，或者说很像一条汉子。那么巨大的数额，使他早就没有作生还的打算，而巨大的数额又增强他的冲天豪气，像所有江洋大盗一样。

如果丁祥凤在地狱里听说，粮票已经废止不用，他会作何感想呢？他会不会大呼三声：“冤，冤，冤！”但是，他这么做只能招来地狱里狱卒的呵责和白眼：

谁叫你是个倒霉鬼呢！

王二小

你站在中国的每一个村庄的村口，大叫一声“王二小”，答应的准保有好几个人。

关于王二小的传说和歇后语，也有不少。歇后语如，“王二小过年——一年不如一年”；故事就更多，如王二小放牛的故事就很有名，故事说的是王二小给日本鬼子带路，把鬼子带进了八路军的伏击圈。这个故事选在小学语文课本上，是一个很感人的小英雄故事。

就像西方世界的“史密斯”一样，中国的王二小多矣。他们活在中国的每一个角落，默默的，没有声息的。也许，有几个成了大名，做了大事的，不过，那时候早不叫王二小了。但更多的人，也就那么活着，只要你喊一声“王二小”，他就随时准备答应。事实上，他每天都在那么答应着，因为，这就是他的名字。

我们村里的王二小，大大小小，也有一串。但是，在他们结婚以后，一般没有人再叫王二小的，他们每个人都有一个学名。但我说的这个王二小，则至今没有人叫他学名，尽管他快五十岁了。他是一个光棍——他曾经是一个年轻的光棍，现在，则是一个老光棍了。

做光棍总是有原因的，有的是因为有残疾，有的是因为家里太穷，有的是因为名声不好，等等，有一条就具备打光棍的资格了。要是兼而有之，那就简直是没救了。

我的主人公王二小，除了穷，据说还不够聪明。他们家住着三间破茅草屋，他小时候是，到了他快娶媳妇的时候，还是；现在，他快五十岁了，在他家的周围竖起很多楼房，有二层的，也有三层的小洋房。可王二小家还是三间茅草屋。屋子是他父亲盖的，他父亲是草匠。

草匠，是一个曾经非常兴盛的行业。现在，这个古老的行业没落了，几乎绝迹。早些年，还经常看到他父亲和他爬到屋顶上去修屋，王二小也是半个草匠。后来，父亲老了，也就是王二小一个人爬到屋上去，修修补补了。据说，在农村，有些姑娘的宣言是，没有楼房免谈婚事。王二小打光棍，是注定的了。

至于说智力不行。理由有好几条，一条是上学成绩不好，没上完小学一年级就回了家，因此，现在差不多是“睁眼瞎”；二条是在生产队出工的时候，王二小干活最卖力，从不知道偷懒、磨洋工，而且，最脏、最累的活，保准有王二小的份。他从来不抗议，也不会去争什么工分，别人取笑他的时候，也只是憨憨地笑笑。

不过，王二小的农活干得很好，又不偷懒，在农业社的时候，就经常受队长的表扬。在包产到户后，好多人家来不及干活，总是把王二小请来。他不计较吃喝，也不计较工钱，有时，几件旧衣服或者一双旧鞋子，也就行了。但这似乎又成了他智力不行的表现，帮别人家干活？多没出息，有时间还不如出去打点工挣钱。于是，那些请王二小干活，占了便宜的人，又在背地里说王二小的不聪明。

王二小除了在自家地里干活，就是到别人家的地里干活。后来，他去了一家砖瓦厂，先是挑泥，后来是挑砖头。反正，干的都是力气活，每天一身臭汗，不过，也能挣上几十块钱。王二小很满足。他跟自己的老父亲一起生活，当然，也就承担起赡养的义务。他有一个哥哥，但不知出不出赡养费。反正，出与不出，王二小也不会计较。他还从来没因为什么事情跟别人红过脸，吵过嘴，更何况自家的兄弟？

王二小就这么平静地生活着，在他的身上，没有发生什么幸运的事，也没有发生什么特别的不幸。他每天吃饭，干活，凭力气吃饭。没有老婆，也没有什么不好。年轻的时候，别人还跟他开几句玩笑。现在，连开玩笑的人也没有了。从前，老父亲也整天为这事愁肠挂肚的，现在，老父亲也不担心了。五十岁的人了，半辈子都下土了，还提什么说媳妇的事？

据说，在王二小年轻的时候，也曾经有过机会。是一个很好的机会，不过，对于“智力”不行的王二小来说，机会也就不是机会了。一个女子没结婚，就怀上了孩子，而且，是一个结过婚的男人的孩子。现在，她想把这个孩子生下来。于是，她远离家乡，躲到王二小家里来。她家跟王二小家有什么关系，谁也说不清。反正，那个女子是躲过来了。他们家房子小，就三间茅草屋，一间是堂屋，一间是厨房，一间是房间。房间里有两张床，王二小和父亲一人一张。这个女子一来，王二小只能让出一张床，挤到父亲的床上去了。爷儿俩每天晚上，就与这个女子共处一室。

这个女子长得还不坏，还会裁缝手艺。于是，平时就帮邻里做点衣服，有时不是做，也就是修修补补。于是，大妈、大嫂们的破衣服和衣料也就多了起来。半是确有活要干，半是来看看新奇，打探打探。有人怂恿王二小。说，王二小，这女子反正是没主的，你要是能上了她的床，不就是你的了？王二小也就憨憨地笑笑。

据说，他的老父亲求媳妇心切，有好几次借口去别人家打长牌，一打就是一个通宵或者半夜的。孤男寡女的，就这么睡在一个房间里。可是，竟然一点事也没发生。老父亲问他晚上干什么了，王二小笑笑，说睡觉了。父亲问他睡得好不好，他说，睡得很沉。老父亲摇摇头，走开了。王二小，也是一片茫然的，去做自己的事了。

直到后来，女子家里人和搞计划生育的干部找上门来，把这女子带走了。于是，这事又成了王二小有点呆的证据。哪有猫儿不吃腥的？王二小也是个男人，而且是个没有开过晕的男人，有送上门的女子不知道要，不是呆，是什么？大家在可惜之余，更坚定了对王二小的判断。

王二小还跟他的老父亲在一起，他还叫王二小，没有媳妇。每天起早到窑上去挑砖头，回来后就在自家地里干活。他一声不吭，不跟人说笑，就连话也很少说。他像牲口一样的沉默，除了干活、吃饭，别无他求。

王二小过得很平静，似乎也很幸福。

老　虎

老虎不是动物。

老虎，是一个乡下孩子的名字。因为粗野、凶猛，绰号叫做“老虎”。

冬天的时候，老虎只穿着一件旧花棉袄，从胳肢窝或者什么地方，棉花絮吐出白白的舌头。下身则是一件黑棉裤，用一根分不清颜色的布绳子系着。老虎有两个姐姐，这花棉袄的来历已经非常清楚。老虎没有袜子，光着脚穿着一双没有后跟的旧棉鞋。后跟原来倒是有的，他总是趿着，倒跟了。

这是老虎整个冬天的装束：穿着花棉袄、黑棉裤，背着一只花花的小书包(来历同样清楚)，趿着鞋，去学校上学。花棉袄里面自然什么也没有，没有衬衣，没有棉毛衫，也没有毛线衣。那个时候，经济条件好一点的孩子，棉袄里面还有穿上毛线衣什么的，穿“空心棉袄”，那是会很冷的。因此，老虎总是拖着两道长长的鼻涕就不奇怪的。鼻涕挂下来，挂下来，挂到嘴唇的时候，再用力一吸，鼻涕就到了肚子里了，成了增加能量的养料。

老虎的成绩不好，但打起架来很凶。他不要命，不管泥块、砖块有多密集，他都敢往前冲。老虎在战斗中的典型形象是，穿着花棉袄（敞着怀，露着黑肚皮），背着那只小花书包，手里拿着半块红砖，不要命地冲上前去。这时候，“敌人”肯定会丢了阵地，远远的遁去。收集好的泥块和砖块，也就留在阵地上，成了别人的战利品了。这时候，老虎的战友们就会把他簇拥起来，像是对一个真正的英雄一样。有的时候，老虎的战友中的一个还会把袋中的一块糖，或者半块饼干奉献出来，给这位出生入死、给大家带来胜利荣耀的战斗英雄。这样的话，老虎就会更加感到胜利的喜悦，对于老虎的家庭来说，要吃上糖块和饼干是很奢侈的。不过，老虎却不会欺负小孩子。他的凶猛是在战斗中才会表现出来。他很老实，老实得常会被别人利用。

那个时候，讲备战备荒，讲大办民兵师。每到冬天，农闲的时候，民兵们就会集中到一起训练。有时候，是实弹演习。这一天，是掷手榴弹的实弹演习。演习是在一个荒草地上进行的，草地旁有个大池塘。我们这些来看热闹的小孩，都被挡在远远的地方。训练结束以后，民兵们拿剩下的手榴弹炸鱼，大概是为了改善一下晚上的伙食吧。于是，我们这些涌上前去的小孩，就不再看草地上那些炸出的弹坑，而是看炸鱼。这里面，自然也有老虎。民兵们把几棵手榴弹扎在一起的，因此威力很大。“轰”的一声巨响之后，池塘里腾起了高高的白色水柱，接着是许多冰凉的水滴洒到了我们的脸上。好一会儿，那些扬起的水才重新落到池塘里去。于是，大家欢叫一声冲上前去，围在了池塘周围。水波还在摇晃，水面上还飘散着烟雾和火药味儿。等渐渐平息下来以后，我们看到许多白花花的鱼漂浮在水面上。于是，大家拿来竹竿，或者就地折一根芦苇捞鱼。那些民兵们都是些二十来岁的小伙子，非常霸道。我们这些小孩子可以捞鱼，但捞来的鱼必须归他们。好在小孩子们也不计较，他们要的是捞鱼的乐趣。

可是，水边上的鱼很少，那些白花花的鱼多数飘在水中央，也许，是冬天的鱼都生活在深水的缘故吧。没有船，竹竿也不够长。民兵们这就想到老虎，老虎这时正赤着脚，挽起裤脚，涉在水里，努力地用一根芦苇捞一条鱼。一个叫生银的民兵说："老虎，你要是给我下水把中间的那些鱼捞起来，我给你5毛钱。"在那个时候，5毛钱是什么概念？对于城镇里的居民来说，是25根油条，10碗豆浆；对于农民来说，是两个劳动日，或者7个鸡蛋价格，如果用来买火柴，那就是25盒；对于一个乡下孩子来说，那就是16支铅笔，还有两块糖粒。如果都用来买糖粒，那就是50块，如果买大白兔奶糖呢？1毛钱9块，那就是45块。这个条件有着足够的诱惑力，老虎动心了。于是，他脱了他的小棉袄，然后是小棉裤。他没有短裤，脱了棉裤，就露出了小鸡鸡。他把衣服放在河滩上，小花书包特别宝贝，交给了身旁的一个同学。老虎一步步地向水里走，生银在岸上叫："老虎，这可是你自己愿意的，不是我要你下去的呀！"

后来，老虎的姐姐来了。老虎就从水里上来了，他抖成了秋天风里的一片树叶。老虎的姐姐比老虎大两岁，13岁，是五年级的学生，带着一道红杠杠，是红小兵的小队长。她先是把老虎训了一通。生银自然很尴尬，他递过来5毛钱。虎姐把5毛钱丢在地上，她还朝那张倒霉的钱(它本来应该受到足够的尊敬)吐了几口唾沫，骂了一句脏话。然后，拉起老虎就走。后来，我们看到老虎奔跑起来，也许是太冷了，想靠奔跑来取暖吧，这一定是他姐姐教他的。他姐姐也跟在后面跑，但是，跟不上。他姐姐背着两个书包，一个是她自己的，一个是老虎的。

河中央还飘着白花花的鱼，太阳已经西沉了，西北风刮在脸上有点疼。民兵们很无奈，他们准备放弃，等明天有了长竹竿，再来理会这些鱼。不过，如果这些鱼晚上不被冰冻住的话，这些鱼也许会在半夜时醒过来，然后沉下水的深处去。

没读完小学，老虎就退学了。他实在不是读书的料，不是不聪明，他实在太顽皮了，老师们都不喜欢他。不过，他还参加小学生们之间的战争，他是被邀请参加的。哪怕他还没有完成他父亲给他明确的劳动任务，他也会参加。这样，即使成为了胜利者，这位英雄也会被从田里出工回来、因为疲劳或者被扣了工分而有气没处撒的父亲，饱饱地揍一顿屁股。于是，这位英雄有时也就不免大哭了。这些大哭被那些白天的战败者听到了，就会成为下次战争中进攻老虎的有力武器。不过，这对老虎不构成什么杀伤力，反而会增加他杀敌报仇的勇气。

老虎慢慢长大了。他的姐姐出嫁了，后来，他的妹妹也出嫁了。老虎还是一只孤独的虎，他在一家砖瓦厂做工。他 29 岁了，早该成家了。老虎的婚事，成为虎妈的一件心病，她逢着人就求人给老虎说个媳妇。

终于有了一个机会。一天早晨，可能也是一个冬天的早晨，老虎的妈妈到河边洗衣服，发现她家草堆里睡了一个二十来岁的姑娘。老虎的妈妈觉得蹊跷，当她确认姑娘是活着的时候，她就把她叫醒了，并把她领回家里来。等喝完一大碗热腾腾的红糖姜茶以后，姑娘说，她是从家里逃出来。为什么逃，原因很简单，家里的人打她。二十来岁的姑娘还挨打，家长可见不讲道理。问她住在哪里，姑娘说不知道。中午吃饭，她吃了 3 大碗，她不说饿，也不说饱，也没有什么客气话，虎妈终于看出点名堂，这姑娘大脑有点问题，是个傻姑娘。不过，虎妈还是动了心思，傻就傻吧，做媳妇还是可以的，反正老虎也找不着媳妇。傻姑娘就被虎妈留在了家里。

过了没几天，虎妈听到了消息。这姑娘就是旁边一个村子里的，已经结了婚，因为有点傻，不会干活，经常挨丈夫揍。还有一个对虎妈极为不利的消息是，这位丈夫及其家人正在努力寻找自己的傻媳妇。乡下人的想法非常实在：傻不傻，都是自己花钱娶回来的。就像自家的钉耙一样，即使木柄把有点歪，也终归是自家的钉耙，平时干活还得用的。因此，他们的寻找非常真诚。又据说，这位丈夫隐隐约约听人说，他的媳妇被虎妈藏在了家里。虎妈当机立断，把傻媳妇藏到了邻居牛妈家里。

于是，那位失主丈夫来到虎妈家里，只能失望而归了。虎妈的如意算盘是，等到老虎跟傻姑娘生米做成熟饭，那位失主丈夫也许只好自动放弃的，不就是个傻媳妇嘛。

事情结果极有戏剧性。就在虎妈取得斗争的第一个回合胜利时，她犯了一个错误。她没想到，邻居牛妈家里有一个叫牛的儿子，28 岁了，也像老虎一样说不上媳妇。于是，牛妈动起了像虎妈一样的心思，想侵吞这个寄存物。于是，虎妈第二次当机立断，把傻姑娘从牛妈手里要回来。

结果可想而知，牛妈不还，虎妈一定要。于是，牛妈和虎妈大吵起来。文攻不行，只好武卫，于是便大打出手。虎妈对牛妈，虎爸对牛爸，虎对牛，战成了一团。对于虎和牛来说，作为同年人，可没少打架。但这一次，可不是童年里掷土块了。在这场“特洛伊”战争的高潮期，虎和牛除了使用拳头外，还使用了铁叉、扁担、菜刀等等。大家鼻青眼肿之后，来收拾残局的，是那位失主丈夫。他领回了他遗失的物品——他的媳妇。

三年之内，虎家和牛家没有往来，连话也不说。

后来据说老虎娶上媳妇了。是花 5 千块钱，从贵州讨回来的。钱是老虎跟着建筑队到东北做工挣的。虎结婚的那一年，牛受到鼓舞，也去了东北。不过，他没有回来，他从脚手架上掉了下来，摔死了。又据说，那位贵州媳妇给虎生了一个儿子。

儿子？他会不会是另一个“老虎”呢。

羊痫疯

李龙山有羊痫疯。

羊痫疯学名叫做“癫痫”。不过，乡下的孩子不知道这些，都把这种病叫做“羊儿疯”。

正上着课的时候，教室后面突然传来一声“咩”的叫声。接着，是人和桌凳倒地的声音。我们不用回头，就知道李龙山的羊痫疯又发了。因为个儿高（他留了那么多级，个儿不能不高），李龙山坐在教室的最后，而且是单独一排，不跟任何人合坐。这时候，女同学都吓得尖叫起来。李龙山发出“咩咩”的叫声，在地上抽搐，像一只快要被杀死的羊一样。他的嘴里流出涎水，眼睛则像快要死的人那样，向上翻。

老师不准我们回头看，要我们集中注意力听讲。不过，在李龙山的抽搐声中，老师的课再也无法讲下去了。她只能稍等片刻。她手里捏着一只粉笔头，看一会儿课本，或者，再看一会儿窗外的树和田地里庄稼。慢慢地，那只粉笔头变成碎末从她手里流下来。看得出，李龙山的羊儿疯，让她觉得不舒服。她才二十出头，是我们这群二年级小学生的老师，她还没有结婚，没有恋爱。但她也无能为力。只要李龙山不退学，她就得让他坐在教室里。他是贫下中农的儿子，他有接受教育的权利，他要识字，为了能认得出地主的变天账，为了不再“吃二遍苦，受二茬罪”。

终于，李龙山安静了下来。眼睛慢慢无力地睁开，他看看四周，他明白了，他在教室里。于是，老师命令后排的两个男同学把李龙山扶起来。满身是泥的李龙山便被高高大大的扶起来，他的那张同样高高的用短凳做成的学桌和小板凳也被扶了起来。李龙山又坐在了他的小板凳上。同学们都回过脸来，老师继续她的课程，她开始领读黑板上的生字。开始，李龙山一声不吭，只是呆呆地看着。后来，李龙山粗粗的嗓子也开始念了。同样不用回头，我们就知道那是李龙山的嗓子，他的嗓子读起书来就像破竹棍子似的。他已经 16 岁了。很多年以后，我们才明白，他的嗓子为什么像破竹棍子。

李龙山长得很黑，满脸的痘痘疤疤。他很有力气，而有力气，就会得到尊重，哪怕他有羊儿疯。他脾气不怎么好，很容易生气。他生气了或者有什么不满意，就会抽人的耳光，很多同学都被他抽过耳光。而且，抽得很疼。他一边抽，还会一边问你，疼不疼。如果你说疼，那他就说，抽耳光还怕疼，真是个没用的东西，那就还要继续抽；如果你说不疼，那他就会说，不疼，那是没抽够，还要抽。据说，他的哥哥是基干民兵，打起人来也特别凶，下手又毒又狠。他曾经亲手打折了邻村一个偷花生人的腿。本村的“地富反坏”看到了他，叫爷爷都来不及。

当然，如果李龙山高兴的时候，他就会把一个小同学扛在肩上，在操场上转圈，直转得你晕头转向。然后，再把你放到地上。因为头晕，你如果控制不好，这时你就会软软地摔倒在地，这时候，李龙山就会乐不可支，为自己的杰作哈哈大笑，一边笑，一边说，我可没有推你。不过，晕头转向和摔个把跟头总比挨一串耳光好。因此，同学们没谁敢惹李龙山生气，不仅不敢惹他生气，还要拍拍他的马屁，不时给他孝敬点吃的东西，比如糖块、蚕豆、花生什么的。这样，他不仅不会抽你的耳光，还会在你受到欺侮时，给你报仇。因此，李龙山是班上甚至整个学校的英雄，就连那些跟李龙山一般高的高年级的学生（他们多数是李龙山的同学），也不敢跟李龙山斗。他们怕他犯羊痫疯。

李龙山在学校里不可一世，可一回到家里，就得被妈妈或者哥哥支配出去干活，主要是挑猪草或者羊草。因此，在放学以后或者星期天，我们总是看到李龙山挎着一只大得很戏剧性的竹篮子，拎着一把小铁锹，在田地里转悠。有时候，有他妹妹跟他一起；有时候，就他一个人。

有一次，李龙山一个人出去挑草，没有再回来。他在水渠里淹死了。他爱在水渠边挑草，那里的草一般来说比较肥茂，很容易把筐子装满。李龙山很高，而水渠里的水很少，按理说不会有什么事。可是，李龙山突然发了羊痫疯，倒在了水渠里。李龙山就这样死了。

尽管他是贫下中农的儿子，尽管他的父兄在批斗地主时非常积极。所谓积极，就是在别人罚跪时，你去拿来两块砖头；在别人挨打时，你把小麻绳鞭子沾上水，据说，那样会疼得钻心。没有人怀疑，这是阶级斗争的新动向。

李龙山，死于和平之中——和平之中的意外事件。

豁　巴

豁巴，是缺齿者的通称。

大人们常常戏称脱去奶齿牙的孩子为“豁巴”，这样说了，难免引来孩子的追打。不过游戏而已，谁也不会在乎。

我记述的这个豁巴，却是一个老头。这名字由戏称，渐渐变成了他的专称，以至很多人忘记了他的本名，记住了这个与他的生理特征联系在一起的绰号。不用说，这个老头是个缺齿的。不是老了以后才缺的，而是年轻的时候就缺。怎么缺的，无法考证。

豁巴以两大爱好而著名：一是好吃；二是做媒。这两者相互联系，不可或缺。因为好吃，所以做媒；做了媒，自然可以满足自己的好吃的欲望。乡下有个说法，媒人要吃“十八桌半”，吃“十八桌”尚可理解，还有哪“半桌”是什么意思，很多人也说不出个所以然来。因此，这两大爱好，实为一个爱好。说真的，没有做媒这个爱好，这好吃这个爱好还不容易实现的。那时候，是农业社的时候，连饭也吃不饱，哪还有酒有菜。许多人家一年也吃不上几次肉，甚至还有过年吃不上肉的。至于酒，好一点的粮食白酒都计划供应的，到过年的时候才有一点。因此，这好吃二字，在那个时候实是一个大难题。除了村里的干部，总是难免隔三差五，脸上红彤彤的。那个时候，社员家里别说是婚丧嫁娶了，就是平时家里卖个猪，来个客人什么的，只要家里有点好菜，总忘不了把干部叫上的。那时，不缺吃的是干部。豁巴什么也不是，只有靠做媒这途。有时没有媒可做，那就只能骗吃骗喝了。

好吃与酒是联系在一起的，于是，你在村路上看到豁巴时，他常常是红着脸，酒气冲天，结结巴巴地跟你打招呼，然后拉住你与你说上大半天的家常话。不用想，就可以知道，豁巴又在哪个急着找媳妇的母亲或儿子那儿骗了一顿酒饭了。

要是骗不着酒饭，那么，豁巴就自己请自己吃喝。每次去镇上，豁巴必要买上几只烧饼或者油饼，在街道的石板路上边走边吃。他是绝不会带回家去，给老伴吃，或者给孩子吃的。他不会这么想的，他首先得把自己侍候好。要是再多几个钱，他会到饭店买上几两猪头肉，二两花生米，再到食品店里沽三两白酒，站在柜台外面，把酒肉慢慢吃下去。他可以从中午时分，一直吃到红日西落。然后，脸就涨得通红，像那快落的太阳一样，摇摇晃晃地走回家去。

当然，以上是限于有钱的时候。要是没有钱，他会背上几斤粮食到镇上去卖。或者，偷了家里鸡蛋去镇上卖，如此等等，六七十岁的人了，全是不懂事的小孩子一般的行径。自然，这豁巴在子女和村民的眼睛里是没有地位，仅是一个老不更事的笑料而已。

要是没有人请他做媒，袋子里又没钱，家里也没有什么可卖的。那么，豁巴就剩一条路可走，那就是骗。

一次，豁巴大概断了多日的酒食。于是，想到本村一个小伙子，曾求他给说个媳妇。于是，豁巴就把这顿酒饭寄托在这位想讨老婆的小伙子身上了。他主动上门，说是唐洋公社的北边，有一个姑娘，才25岁，还没找婆家。把这姑娘说得天花乱坠，可是，就是不见小伙子请他吃晚饭，只要有二两老白干，哪怕炒点花生米，再炒两只鸡蛋也行啊。可这小伙子偏偏不见兔子不撒鹰，不上豁巴这个“老骗子”的当。小伙子一家煮了半锅玉米粥，只问豁巴吃不吃。气得豁巴鼻子也歪了，抵不住肚中饥饿，只得就着萝卜干（他也不怎么吃得动），喝了一大碗薄得照得见人影的玉米粥。

第二天，豁巴不死心，又来找小伙子，说是带小伙子去相亲。小伙子说，成。于是用自行车带着豁巴，向唐洋方向出发了。可是，走了二十多里地，豁巴还说没到。这时，已经到了唐洋镇上。豁巴说，不早了，肚子饿了，就在这儿吃了饭再走吧。又说，第一次上门相亲，还不知成不成的，在人家吃饭可不好。小伙子想，也是，就找了个小饭店吃饭。小伙子要了两碗面，豁巴说，来点菜吧。于是，小伙子点了一个煮肥肠。豁巴说，再来个猪耳朵和花生米吧。小伙子知道，豁巴不喝酒是不走的了。于是，干脆又给他要了三两白干。豁巴这才咧开没牙的嘴笑了，与小伙子亲热得不行。一顿酒，直喝到下午三点，小伙子说，快走，走晚了，今天赶不回来了。豁巴只说不急。

终于上了路，豁巴只让向前走，说就在前面，就是到不了。小伙子再三催逼，豁巴没办法，说是忘了住什么地方，上次是晚上来的。他要下来打听。于是，小伙子让他下来打听。边走边打听，问了五六家，还是没结果。小伙子心里怀疑，就在豁巴打听时，走近去偷听。这豁巴哪是打听姑娘的住处，他是在打听，这儿哪家有姑娘没出嫁，好就地为小伙子找一个。小伙子知道又上了老骗子的当，他在玩空城计呢，根本就没有什么姑娘，豁巴为了骗酒吃，诳人呢。

于是，等豁巴回来，小伙子说，我有点事，你等一会儿。打转车头就向回走。豁巴大叫，带上我。小伙子回头来说，我去找个厕所上一下，你就等一会儿吧。脚上蹬得更快，一会儿，小伙子骑得不见影子了。

豁巴等了半小时，不见小伙子回头。哪有上这么长时间的厕所，还要跑这么远的。他知道，小伙子也骗了他一回，把他给甩下了。看看太阳快落了，又是在乡下，没有公共汽车的，豁巴没有办法，只有一步一步往回走。

这一天，豁巴走走停停，停停走走，走到夜里一点钟才走到他的小茅屋前。

第二天，豁巴在家里睡了一整天，还一个劲地跟老婆子喊脚疼。

上海姐姐

那一年，上海姐姐大概二十六七岁。乡下的亲戚们为她的亲事担忧，我也就知道了她的年龄。那个时候，我是五六岁，还是七八岁，也记不清楚了。反正，在上海姐姐到外公家来玩的时候，我成天跟她泡在一起，好像也不要上什么学，时间有的是。这就是说，我可能是在学前了。在这之前，我从来没有看见过她，甚至没有听说过。不过，我们一见如故，她似乎特别喜欢我。而我，在心里也十分喜欢这个年轻而漂亮的城里姐姐。

姐姐其实住得离外公家不远，外公家住在一个叫唐洋的地方，而姐姐就住在唐洋北边十几里地的一个叫许河的地方。她是从许河来唐洋玩的，而不是从上海。她是从上海到许河，再从许河到唐洋的。许河是她下放的地方，在那里，有许多像她这样从上海来的知青，已经来了很多年了。到底是多少年，不知道。反正有人等不得回城，在这里嫁人、结婚，生下了一串儿子或者女儿。可见，这是一段不短的时间。她跟外公家的关系，我也搞得不十分清楚，好像，她是外公的外侄女。也就是说，她的妈妈是外公的侄女，而且，是外公的亲侄女。他们让我叫她姐姐，我也不知道为什么，也就稀里糊涂地喊她姐姐。在她来唐洋玩耍期间，她住在另外一个亲戚家。当然，这个亲戚也是外公的亲戚了。外公家的地方太小，住不下更多的人。因此，她只是来吃一两顿饭，并不在这儿住下。

在这个地方，她似乎有很多亲戚。因为，她到唐洋来的一些天里，她总是在外走动，到处串门。到了一个人家，就一定在这个人家吃饭。而且，这个人家一定拿出家里最好的东西来。大家都喊她上海姑娘，并不喊名字。不过，喊她的妈妈也是如此，我这是从外公口里听到的。反正她们难得同时出现，并不会混淆。后来，我知道，这些人家都是约好了让她过来吃饭的，怪不得什么东西都准备好了。一般来说，农家如果不做准备，在中午或者晚上的饭桌上，是搬不出什么像样的菜的。而没有像样的菜，怎么招待这位来自上海的姑娘？

当然，在她所到的地方，必然有我；她坐席的时候，我也坐席。别人就会问我是谁，她就会向那些人解释，告诉我是谁是谁。我们一般是走着到那些人家去，好像，那些人家住得也不太远。我们一边走，一边四处乱看，一边说话，一会儿，似乎也就到了。路窄的时候，我们走成一排；路稍微宽些的时候，她就拉着我的手，并排走。有时候，我走得累了，她就会把我抱起来走一会。等她也抱不动了的时候，就会把我放下来。有时候，要过一些独木桥或者某个有水的小沟渠，她也会把我抱起来。在我的印象里，她长得特别漂亮，脸白白的，头发的样式、衣服的样式，都非常好看，一切就像城里人的样子，跟电影里差不多。她走路的样子也非常好看，不像一般乡下女孩子，走得太快，显得很粗俗（这是我长大后的观点）。她说话的声音也很好听，她讲的是什么话？她讲的是上海话，是普通话，还干脆就是家乡的土话，我记不清楚了，只记得她讲的话我全听得懂。她的话真的很好听，柔柔的，轻轻的，不像苏北乡下那些女人那样，粗门大嗓的，说什么事都像是在跟人吵架似的。

我记不清那是什么季节。不像冬天，不像夏天，不记得地里有些什么庄稼，也不记得路边开着什么野花。我只记得那弯弯曲曲的土路，忽高忽低的，还有路边的沟沟壑壑，还有一些不知道名字的树。还有散落在田野里的一些坟墓，大馒头一样，我有些害怕。因为，我觉得那里住着一些可怕的鬼，而鬼是乡下非常可怕的一种东西。不过，我不说，我不好意思说出来，显出自己的胆小。我只是尽力不去看那些土馒头。

我记得，上海姐姐总是问我好多问题。是些什么问题，我也记不得了。我只记得，她笑吟吟地，问我一些问题，她的嘴巴好看地在动；而我在回答问题，嘴巴似乎也在动。然后，她在含笑地点头，好像很满意。有时候，她还会亲我的面颊。于是，我就闻到她脸上和头发上有一种非常好闻的香味，那种属于城里年轻漂亮女人独有的香味。这种香味，在很多年以后，还留在我的记忆里。以至在我成年以后，每次闻到身边的女人身上这种香味，总会情不自禁。因此，我很喜欢她亲我。我一直到后来才明白，上海姐姐对我的喜欢和亲近，不仅是一个姐姐对弟弟，而是有一种叫做母性的东西在里面。因为，在那个时候，只有妈妈才会经常亲我的面颊。接着，她继续发问，一切重新开始。一切就像无声老电影一样，好像胶片的时间过于久远，那声音才被磨灭了。我想，那时候，她一定是拿许多问题在考我，而我都有完满的回答。因此，我记得她总是对很多人夸我聪明伶俐，夸我生得像女孩儿一样秀气，夸我将来一定有大出息。她对每一个吃饭的人家这么说，对外公、外婆这么说，而外公、外婆又把这些话传到爸爸、妈妈的耳朵里去，因为这是一位来自上海的姑娘的话，一位大都市的漂亮姑娘的话，我的爸爸、妈妈非常高兴。这不是那个乡下亲戚随便的恭维话，因为，一位城里来的姑娘，没必要来恭维一个乡下的孩子。因为，在他们心里，城里人是本能地瞧不起乡下人的，虽然是亲戚，也是这样。再说，这位来自上海的姑娘也好像真的很喜欢自己的儿子，要不，干吗整天带在身边，走东家，串西家的？不过，他们也不告诉别人，只在自家心里高兴，因为，毕竟我还是一个孩子，并不是真的有了出息。乡下人的观念是很现实的，不会有很多理想主义的东西，不会把幻想或者可能当作真事那样去看的，除非有一天这些真的变成现实。

每到一户人家，这家女主人问得最多的是上海姐姐的婚事。因为，她们觉得她都二十六七岁，早该结婚了。在乡下，这个年龄早已是几个伢的妈了。他们也能理解城里人跟乡下人是不同的，不过，即使是城里人，也不该太晚了。因此，他们非常真切的问起她的婚事。每当这个时候，我发现馨莲姐姐(刚才没有交代，她的名字叫馨莲，不过是音译，是哪两个字，不知道。那个时候，我好像还不认字)就会沉默。有时候，就笑笑说，不急，不急。同时被问起的，还有馨莲的姐姐。我忘记交代了，和馨莲和我在一起的，还有她的姐姐。不过，这位姐姐长得没有馨莲漂亮，没有馨莲年轻，脸很板，好像不那么容易笑，也不怎么说话；她好像不怎么喜欢小孩，对我还算好，但不亲热，当然更不会像馨莲那亲我、抱我。她只是跟我们一起在路上走，到了人家，不会像馨莲那样，让我吃饭坐在她的旁边，甚至坐在她的腿上。因此，我对馨莲的姐姐就记忆不深，连她的名字也不知道。虽然，我也叫她姐姐，但心里觉得她只是馨莲的姐姐，并不是我的姐姐。馨莲的姐姐比馨莲还大好几岁，差不多三十岁了，也没有嫁人，甚至连人家也没有看下。在乡下人看来，这已经是嫁不出去的老姑娘的年龄了，大家都很同情她。因此，大家只是问馨莲的婚事，却不会问馨莲的姐姐的婚事，他们在问馨莲婚事的时候，只是略带小心的用眼角瞟瞟馨莲的姐姐。后者，正默默地坐在一旁，好像正无心地看着什么或者想着什么。我看得出来，大家对馨莲的婚事只是关心，而对馨莲的姐姐则是同情了，同情得不想提起这些事，怕伤了她。

有一次，馨莲对一个亲戚说了自己的心事。她的意思是说，现在要嫁人，也不容易。如果在上海找人家，自己在乡下插队，也没人愿意跟她谈；如果在乡下找一个，这倒容易，但是一辈子呆在乡下，比死了还不如；如果也谈一个知青，大家的前景都不可知，如果一方回城了，恋爱也就完了。这样的事不止一次，因此，谈一个知青对象也不太现实的。她们都在等待，等待回城以后，再谈自己的婚事。这就是计划，也是无奈，就这样跟自己的命运僵持着，空耗着。她的婚事，就是这样耽误下来的。当然，毫无疑问的，馨莲的姐姐的婚事也是这样耽误下来的。她的姐姐曾经谈过恋爱，属于刚才说的第二种情况，那个也是一个上海知青，谈了四五年，不过，那个知青回城后，就把她给甩了，另外在上海找了女朋友。馨莲的姐姐伤心之余，曾经发誓不再嫁人。当然，后来把这个誓言改成一定回上海去，不回上海就一辈子不结婚。馨莲还说，在她下放的那个大队，一个大队干部的儿子很喜欢她，总是来找她，还托人来说过媒。不过，她不能答应。现在，这个大队干部都有些在打击报复她了。本来，她有很轻松的活（我不知道她干什么？是不是小学教师什么的），现在，总是派重活给她。不过，这更加坚定了她的信心，就是死，也一定要离开这个地方，回到上海去。她还向我描述上海有多大，房子有多高，马路有多宽，车子有多多，有多少好玩的去处。当然，房子最高的就是上海的24层楼，最宽的马路是上海的南京路，最好玩的去处是上海的城隍庙，那里有许多好玩又好吃的东西。这都是我第一次听到的，在这之前，我还一直觉得乡下还是挺好的。除了不像镇上有很多好吃、好玩的东西，城里孩子不像乡下孩子，那么调皮，身上黑乎乎、脏兮兮的，拖着鼻涕，脖子和耳朵根上有黑黑的污垢，他们漂亮、娇气；乡下的女人不像城里女人，胳膊又白又嫩，像是池塘里的藕节似的。不过，她所说的那个叫做上海的城市，我就没有概念，她说上海很大，有多大？当然，比从我们所住的乡下到镇上那么远的地方还要大，甚至比到县城的那么远的地方还要大。这么大的地方，我没有概念。怪不得外公常常说，什么时候再到上海去一次。不过，他这样说过了几十年，一直到他去年去世，他都没有再去。

后来，又是好多个年头。我听外公说，馨莲和她的姐姐都回上海去了，不仅回到了上海，而且都安排了工作。馨莲是在一个医院的药房里，专门发药，活计是非常轻松干净的。更加让人高兴的是，馨莲还在跟一个上海小伙子在谈恋爱，谈得很好，而且快要结婚了。就连馨莲的姐姐，也已经结婚，不过，那人是个离过婚的人，快四十岁了。这一年，馨莲的姐姐已经是三十六七岁了，最好的青春时节都已经过去了。不过，她觉得她们胜利了，她们终于回到了她们的出生地上海，终于离开了那个叫许河的地方，离开了那个大队干部和他的儿子。坚持就是胜利，有一年，她们回到唐洋，说起她们的胜利，还是激动不已。所有的亲戚也都向她们祝贺，真心地为她们高兴。她们说，她们这次回唐洋，也去了许河，看了几对当年在当地结婚了的知青，看到他们生活都很难的，完全像个乡下人的样子了。而且，他们还在努力调回城里去，不过，既已在农村“扎了根”，要想再回城是很难的。再说，还有那些现实的困难，丈夫（老婆）怎么办？一大串孩子怎么办？于是，这些悲惨结局，从反面证明了她们的正确性，证明了她们长久地忍耐和等待，尽管付出很多，但是多么的值得。不过，这一次我没有见到她们，大概因为我已经开始读书，不可能再跟在她们后面东走西走了——而她们这次回来，肯定又会像从前一样，一家亲戚一家亲戚地走过去，吃饭，说话的。

这以后，我每次到外公家里来，我几乎都能听到她们的消息。她们来信了，她们调动工作了，她们可能过年要回来了，她们的妈妈怎么了，等等。有一个城里的亲戚，这在乡下人眼里是很有面子的一件事；当然，他们的一切行动和近况，当然也都是乡下亲戚们心中的一件大事；要是能在他们回来时，请他们吃一顿饭，这就尤其有面子。其实，他们什么也不图，除了精神上的某种愉悦以外，而外公，每次都说自己在还能动弹得了的时候，去一趟上海，他强调说，上海姑娘(她指的是馨莲的妈妈还是馨莲，我不明白)，每次都叫他去。他说，上海一定都变得他认不得了，他还是二十年前在上海呆过的。可是，他在学校里当工友，平时没有时间，就是放了假，也要守学校，还要侍弄学校的那几亩菜地，他实在是没有时间。因此，外公就这么说了几十年，也没有再到上海去。其实，这段旅程非常简单，从小镇上搭上汽车，三个半小时到南通，从南通港坐晚上的轮船，只消一个晚上，第二天早晨即可到达上海的十六浦码头。而一脚跨进十六浦码头，也就是迈开了跨入上海的第一步了。就是这么简单的旅程，外公也是没有实现。

若干年以后，我考上了大学，也成了一个所谓的“城里人”。再后来，我又经过若干年的努力，考上了研究生。有一次，我去外公家，外公又说起了上海，说起了自己要在有生之年到上海去，说起了馨莲。这时，外公说，馨莲知道了我考上了大学，非常高兴，她说她早就知道我将来会有出息的。并且让外公告诉我，让我有时间到上海去玩。不过，我们再也没有见过面，算算时间，已经是二十多年了。

如今，我已过了而立之年，而馨莲姐姐也该是五十岁左右的人了吧？

花　家

花家住在村子南头的一座“元宝屋”里。

元宝屋，是乡下的一种草房子。中间高，两边低，状如倒扣的元宝，因而得名。那元宝屋上的稻草非常之新，那墙也很特别。一般元宝屋的墙是黄泥垒成的，花家的元宝屋，墙用的却是砖，是非常之新的青砖。这元宝屋就像花家的身份一样，与村里的村民们比起来，有些特别之处。

花家有三口人，老花，一个白白胖胖，穿着整洁的中年人；花夫人，一个同样白白胖胖，见人就微笑、显得很和善的女人；花家的女儿，一个如同玉笋一样，长得非常漂亮的姑娘。

他们全不是本地人，这是他们的特别之处之一。他们来自一百里外的一个小城里，是因为响应党的号召，还是什么别的原因，他们全家下放到了苏北的乡下。他们的特别之处之二，就是老花和花夫人不在生产队里出工，他们全在镇上的供销社里工作，好像是会计之类的什么。大概因为工作的缘故，晒不着太阳，他们就很白。同时，也像一般的城里的中年人一样，微微有些发胖。这样，老花和花夫人即使生活在农村，大家还是一眼就看得出来，他们不是一般的乡下人。在生产队出工的是花家女儿，那时候，这女孩儿也就十七八岁吧。她没能到镇上去上班的原因，是镇上的工作机会太少，因此，她只好干起了“修地球”的工作。

花家的人，和花家的茅草屋一样，都是齐齐整整的。

平日里，大家叫老花，或者叫花会计，大家就是这么叫的，似乎他没有什么职务，也就不好称官职。不像村里的那些干部那样，这是支部书记，这是大队长，这是小队长，等等。非常的清楚。不过，鉴于老花的特殊身份，直呼其名是不对的，因此，还是叫老花的好。村里的干部见到了老花，也是喊他老花，不会像对一般社员一样，直接叫名字的。老花和老花的夫人，每天早晨骑着自行车，穿着整整齐齐的，在大家羡慕的目光中，去到镇上上班，而不是像大家一样，扛起锄头，顶着露水，去地里干活。不过，大家的眼里没有嫉妒，有的只是羡慕，人家毕竟不是乡下人嘛，如今到乡下来了，已经是落了难了。更何况，还有那个如花似玉一样的女孩儿下地干活，已经让大家心里不忍了。

为了叙述的方便，这个如花似玉的女孩儿，就叫她小花好了。

小花是在一个老少班里出工。在这个班里，都是一些六十岁以上的老头或者老太太，剩下的就是些十八岁以下，还没有完全长成的半劳动力。因为都是些半劳动力，这个班里一般从事较轻的劳动，比如，锄草，拾麦穗，捡棉花，等等。自然，因为是半劳动力，拿到的工分差不多也是一半。一个壮劳力，一天的工分可以达到十分，而老少班的社员，怎么干，一天也就六七分工，至于四五分工那是常事。不过，除了那些老头、老太太，那些未来的小伙子、大姑娘们，都盼望着有一天自己长成以后，到壮劳力班上去出工。就像现在的城里小孩，盼望着举行十八岁成年宣誓仪式一样。

老少班其实是个非常快活的处所。这种快活，不仅来自于活儿一般都比较轻，还有其他几个原因：一是干部很少过来，不像正式的班组，队长、会计全像监工一样，随时监视，看到稍不顺眼，就要加以责骂。有的干部脾气不好，甚至还要动手打人的。尽管，有些性子刚烈的汉子或者妇女，也会与之对骂，或者与之对打（多半会有人拉下，不会真正酿成不良影响的），但多数人还是会忍气吞声。因为，下午评工分、平时分派工种、分粮分草，这些权力都在干部手里握着呢，得罪了人家，没自己的好的。因此，除了真正的刺儿头，没有人敢得罪干部的。二是老少班的人组合好，一半是些有很多人生经验的老头、老太太，他们一般都比较的恬淡了；而另外一部分，则是些像花骨朵一样正在开放的少男少女，充满着活力和天真的幻想。因此，这里故事最多，这里的歌声也是最多。这样，就有了第三个好处，老少班就是一个很平和的地方。在评工时，也不会出现强劳力班因为争工分而大打出手的现象，大家都觉得自己的贡献大，拿到工分少了。老少班评工分，一般都是在笑话中开始，也是在笑话声中结束的，大家都看得开。即使有人心里有点意见，也不会太大，因为，不会相差太多的。

大家在没有压力下干活，干多干少，都没有什么大所谓。大家一边说说笑笑，一边干活，时间长一些，大家就坐到田埂上休息。如果觉得寂寞了，可以让班里会讲故事的老头讲些老故事，也可以让会唱歌的姑娘唱上几首歌。应该说，这老少班里的劳动是真正富有诗意的劳动。

小花就是在这样的一个富有诗意的老少班里劳动，而小花本身就是诗意的一种，甚至是诗意中的诗意。如果说老少班的劳动生活美好得像一朵花的话，那么，小花就是那花蕊。

因为有了小花，老少班里的小伙子们都变得非常勤快，重活、脏活，他们都会抢着干。他们似乎干活都非常之快，一个个劳动技巧都非常之好似的。而在家里，他们可能都是最大的懒虫。他们一个个也都变得文明有礼，不像别的生产队老少班的那班小子，一个个坏得要死，干活要赖偷懒，一个个像刚在发育的儿马一样，因为对性充满了迷茫的渴望，而变得满嘴脏话、粗话。他们一个个变得文明多礼起来，他们会在干完自己活的时候，去接那些干得慢的老头、老太太，去接那些干得慢的小姑娘。当然，如果是小花干得慢的话，那自然更不会少人去接的。但是，接的人反而会少。因为，小花都会微笑着表示谢谢，说自己能干好的，最后，小花就让这个小伙子去田埂上歇一歇，或者去接另外一个年纪大一些的人。当然，这小伙子虽然有些遗憾，但既然是小花的命令，他也乐于去执行。因为有了小花，就连老少班里的老头也似乎唤起某种青春的热情，他们的故事会多起来，笑声会多起来，对老太太们的玩笑会多起来。好像，他们在过自己的第二青春似的。

至于小姑娘和老太太，因为小花的缘故，也有些不同。小姑娘们爱打扮了，爱说话了，她们并不嫉妒小花，因为，有了小花以后，班上的小伙子变得更温情多礼了。再说，她们心里也朦朦胧胧地明白，小花其实不会跟她们争什么。小花终究是城里的人，她还会回到城里去，找一个在城里当干部或者当工人的小伙子的。这么说来，她们对小花就会特别地亲热起来。老太太们呢，她们也会更乐于谈自己年轻时候的趣事，甚至是有多少男人追自己的风流事，逗得大家笑得不行。是因为有小花在，她们才会讲这些故事的。

而小花，在这么多人中间，她倒很少说话，只是静静地听着。就算是听到什么特别好的笑话，她也不会放声大笑，只是微笑而已。她是读过书的，不过，她不是班长，也不是记工员。本来，就像珠宝和皇后的位置一样，这些职位是适合于她的，但她偏偏什么也不是。她只是一个老少班里社员而已。就这么平平静静的，但她却影响着一切，改变着一切。甚至，那些已经长大成人的小伙子在自己要离开老少班的时候，心里对老少班总有些留恋。

花家的人，其实都是平平静静的。他们对谁都很温和，他们从不跟人争什么，他们家也从来不会传出吵架的声音。他们家真像屋前的一丛凤仙花一样，开得平静，而有姿有色。

如果村里的人需要他们帮忙，比如说，买点紧俏的东西什么的，他们会尽力地办到，如果办不到，他们会很温和地对你说，这次没有办到，下次吧。对干部，对社员，都是如此。他们不会特别地尊重干部，也不会瞧不起哪怕一个让其他社员也瞧不起的最没用的人。后来，花家的人又回到城里，花家屋子也半卖半送给了一个邻居。当然，小花也去了城里，她后来果然嫁了一个工人，若干年后，她还回来过一次。这时，她已经是一个孩子的母亲了，不过，依然漂亮。

小花走了以后，老少班会怎么样，老少班的那些像对女神一样对小花怀着敬慕的半大的小伙子们会怎样？那些因为小花而焕发青春热情的老头、老太太们会怎样？这些，你都不用担心。小花走了不久，生产队开始实行联产计酬责任制，也就是社员们所说的“分田到户”，老少班当然也就解散了。

驴　子

驴子不是家畜，也不是乡土文化的某种象征，至少在我的这篇文章里。它只是一个人的名字，准确点儿说，是上山下乡年代一个“知青”（“知识青年”的简称）的绰号。

在此，我没有任何贬损或者辱骂“知识青年”的意思。在文革时代，这是一个不小的罪名。即使在现代，也说不定会引来一场名誉权的诉讼。这位“知青”得到这个绰号，没有别的原因，只是因为他的矮小，细胳膊细腿的，在形体上，在乡下的所有动物里，他可以类比为个头较小的驴子。在“绰号学”里，蕴藏着怎样一种深邃的民间智慧。至于它的版权，是属于他的知青同志，还是贫下中农，已经不得而知。总之，人们几乎忘记了他的名字，除了在会计的花名册上，还记着他的大名，张光荣。

不过，此驴非彼驴，作为一种劳役的牲口，驴是很辛苦的，或者说是很勤劳的。但张光荣恰恰相反，他是东风村下放知青中最懒的一个，在生产队和大队都很有名，一度时间，他差点成为了落后知青的代表人物。

比如，安排他插秧，他腿肚子抽筋；安排他挑粪，他说个儿太小，粪桶会挨着地；安排他打农药，他说过敏；安排他看场，他打瞌睡。因此，他经常请病假，赖着家里不出工。不过，收获过后，队上分粮、分油、分草，过年分鱼、分猪肉，他得着了消息，第一个来排队。但分完了东西，继续请假在家歇着。

不过，你别看张光荣小得像驴子，他的老子可是胖得像头水牛。他是西街上饭店里卖油饼、包子的大师傅，肚子大得像怀着十八只崽子的母猪，腰粗得有三个贫下中农加在一起那么大，头像个笆斗[①]。这么肥大的一个老子，怎么生下这么一个儿子？归根结底，只能算遗传学上的退化，抑或是因为他生于吃不饱的时候吧（这其实是时代的退化了）。

这个老子你可别小看，就靠着那些馒头、包子、油饼什么的，他把生产队和大队的干部笼络得都很好。张光荣虽然不积极，磨洋工，却照样分粮草，只是要倒找一点钱罢了。

最后，张光荣第一个被招工回了城，据说，这位老子确实被大大地放了一回血。镇办厂接受他，也确实需要一番勇气；但说真的，就是没有那些烧饼、油条什么的，生产队和大队的干部也早想送这尊神了。

张光荣被招工在一家面粉厂，负责开动一下电闸，把小麦倒进去，把面和麸皮接下来，他确实没有太多的事情要做。除了每天被面粉弄得像个圣诞老人外，这个工作没有什么不好。

大家说，张光荣从乡下的“土叫驴”，变成了一头每天磨面的“电驴子”了。乡下人口毒，张光荣就是转世投胎，可能也不能脱掉这个“驴”字，做了鬼也顶多是个“驴头马面”。

后来，知青们回城的回城，招工的招工，当兵的当兵，考大学的考大

---

① 用去皮后的柳条编制而成，呈圆桶状，色象牙白，可盛贮粮食、豆类等物品。

学。有些人还回来过，当官的给当年贫下中农们弄点化肥一类的紧俏物资，有钱的给大家修条路或者给幼儿园捐点玩具。有些人即使没回，但还有点音信。但就是张光荣，就住在离下放地不足三公里的小镇上，却没有一星点儿音信儿。

张光荣，你这头蠢驴、笨驴、懒驴，你就不知道你的乡亲们还会想起你吗？

杨梅鬼与雌螺眼

杨梅鬼与雌螺眼，是街上的两个女人。她们的名字，也都是乡下人给取的。至于她们的真实姓名，乡下人并不真正关心。他们根据某人的特征，给取一个绰号或者说代号，这是他们的一种爱好或者娱乐。更何况这是两个不知名姓的女人，取一个绰号，在上街时碰上，不仅有便于识别，而且在回到乡下后也方便向家人和邻居们加以描述。

杨梅鬼是个年轻的女人，身材很好，生得也白净，像从没有见过太阳的床腿旁的草芽。但是，她的嘴唇是豁开的，像是兔唇，鼻子也只有大半个，下半截是没有的。据说，那些没有了的部位，都是害杨梅大疮时，给烂掉了。如果不是这样，这应该是个漂亮的女人，是那种让男人做梦的女人。

不过，杨梅，这是一种见不得人的脏病。乡下人也没有太多的医药知识，他们只知道，那是生活作风不检点的人，才可能得的一种病。因此，他们给取一个“杨梅鬼”的名字，除了揭示本质之外，便带着一些道德的褒贬色彩。比如，这个“鬼”字，便带有非常大的贬义。凡是被称着鬼的，几乎没有什么好东西，日本鬼子，美国鬼子，小气鬼，等等。

但是，杨梅鬼并不因为乡下人的憎恶和好奇而消失。她每天在青石板的街道上出现，或是买菜，或是闲逛，或是吃着点心，显示着她作为城里人的全部优越。她仿佛在向那些乡下人宣布，即使她只有半个嘴唇和鼻子，即使这半个嘴唇和鼻子是因为杨梅这种见不得人的脏病而失去的，仍然比那些乡下人更高等。

乡下人远着看她，近着看她，她都若无其事，该干什么，就干什么。她甚至是在挑战，意思是，害杨梅，你还不配呢，仿佛是专利和特权似的。那份从容，不由得不让人产生几分敬意来。

至于雌螺眼，就要简单得多了。她还是一个十几岁的女孩子，仅是因为眼睛是浅蓝色的，像是山羊，或者乡下的狗，而被人称为雌螺眼。这是一个匪疑所思的名字，不知道是什么意思。因为，雌螺，是小河道里生长的一种颇大的螺蛳，大约有野鸡蛋那么大。而她的眼睛并不大，也不突出，为什么要叫做雌螺眼呢？雌螺，与蓝色又有什么关系呢？

这都无从考证。

也许，作为黄种人，黑眼睛、黑头发，是其主要特征。雌螺眼的父母，都是黑眼睛、黑头发的中国人，为什么却会生出一个蓝眼睛的怪物，也同样是匪疑所思，实在让人想不通。也许，这只能算是一种变异。雌螺眼的皮肤并不算白，但头发却是浅黄色的。她实际上呈现了白色人种的某些特征。但乡下人也没看到过白种人，她们只看到过蓝眼睛的羊，于是，也有人把她叫做“羊子眼”。这“羊子眼”的称呼，倒是比雌螺眼更准确些。他们在新闻纪录片上也看到过外国人，因此，那雌螺眼便多了另外一个隐秘的东西，一个道德上的罪名或者污点，那就是外国人养的。如果说一个人是外国人养的，在那些民族主义盛行的年代，再加上道德上的可疑性，那几乎是骂人话。这跟杨梅鬼几乎是同样的性质。

雌螺眼，还是个哑巴，不会讲话的。与人打交道时，只能是哇哇乱叫，不断打着手势，这就更像一个外国人。

乡下人对街上的人以及他们的生活，是怀着几份敬意和羡慕的。而这些敬意和羡慕，又难免伴随着某些嫉妒和仇恨。但他们无法表达出来，也更无从知道，这是体制或政策因素造成的等级差别。但他们的直觉非常敏锐，他们非常明白自己实际上所处的社会地位，再加上那艰难和贫困的生活，这一切使得他们的内心生活远比一般人想象得要丰富。

杨梅鬼和雌螺眼，这两个街上的怪物，而且都是女人，她们给乡下人带来的意义远非一个。她们是新奇的展示，也是乡下人在内心深处，完成对街上人进行道德批判的最好载体，她们是街上人耻辱的象征。因此，她们成为街上人的牺牲，供奉在贫下中农们或者说老二哥的祭桌前，并且被一次次地实施了精神上的享用。

因为有了杨梅鬼和雌螺眼，贫下中农们找了心理上的某种平衡。

大 先 生

在苏北乡下，“大”字有两种读音。表示一个物体或事物的体积大、面积广时，读“tai”（读第三声）；表示一个人的排行、辈分或身份时，则读“da”（读第四声），比如，在家中排行“老大”，“船老大”，“黑老大”，“大队长”。

“大先生”的“大”是属于前者呢，还是后者？我却一直没有搞清楚。至于读音，自然是后面那种，但我却以为他就姓“大”。从小到大，就跟在大人们后面喊。至于《百家姓》中到底有没有这个姓，我也从来不管。

至于“先生”的称谓，也与西方的礼仪没有任何关系。它是土生土长的东西，就像地里的大蒜或者萝卜一样。它沾着早晨的露水和泥巴，透着那种质朴的泥土气和新鲜劲儿。在我们那里，医生、教师（读书人），都被乡下人尊称为“先生”。它跟老子、孔子、韩非子的“子”，实在是一种意思。

“大先生”获得这样称谓，情况似乎要更复杂一些。一是他在乡村社会里，优越的家境和社会地位；二是他的文化和修养，做派高雅，一般的土财主，哪怕有良田千顷，也不会被称为“先生”的；三是他的职业，他们家是祖传的中医，远近有名的。不过，他不是地主，也不是富农。他没有那些构成条件，因为，地主或者富农的成分划定，在土地、耕牛、大型农具、长工的数量上是有标准的。大先生并无家财之累，他独行天下，仅是一个乡村中医而已。

另外，他这个称谓里的“大”字，是不是与他在家中排行有关？不然，为什么不是“二先生”、“三先生”呢？但是，又没有听说他有什么兄弟姐妹。当然，也可以归入某种“尊称”，或者说是对其职业地位的肯定，譬如“船老大”、“黑老大”之类。那么，为什么不称他为“医老大”？而且，这个“大”字还在前面。因此，这个匪夷所思的“大”字，只能存疑。

以上，算是对“大先生”称谓来历的考证。

毫无疑问，大先生是个好的中医。解放前，他就以医术闻名于十里八乡。后来，他成了一名乡村医生，在大队卫生室里坐诊。他给人民公社的社员同志们量体温、吃西药、打针，更多的时候，则是给他们“望闻问切”，开具那些又便宜、又管用的中药方。他真正称得上是“中西医结合”的典范，就像伟大领袖毛主席说的那样。

公社社员和干部们去诊所看病，最想碰到大先生。他打针一点也不疼，就像给蚊子或蚂蚁轻轻咬了一口似的；而另外几个赤脚医生，打起针来特别的生猛，用老百姓的话说，像杀猪一样。至于开中药方，这些赤脚医生们更是一窍不通。他们拿手的药，也就是阿司匹林、止咳糖浆、小柴胡、青霉素，等等。据说，那些赤脚医生还特别粗心大意，经常会把肛门温度计当成口腔温度计，插到公社社员们的嘴巴里去。

大先生开的中药方，那些药都是很普通的。牛舌头、地瓜、橘皮、红花草、蚯蚓、蜈蚣、蛇胆什么的，有的地里就有，即使到镇上的药店去

“打药”（“抓药”的意思），价钱也很便宜。社员们感冒了、头疼了、腹泻了、青光眼了，最大的希望就是能吃上大先生给开的中药。他几乎都是药到病除。

有时候，他药方也不开。他只是对你说，买几刀猪肝吃吧，那个时候猪肝很便宜；或者说，多吃点菠菜吧；或者说，吃一段时间大麦面再说吧。还有的时候，就更出奇，他会让你吃炒得焦枯的蚕豆，或者用橘子皮或者桑叶冲茶吃上半个月、一个月的。这些呢，有点儿像是时下所流行的“食疗”。

他还有其他稀奇古怪的治疗方法，难免会让人觉得惊悚。比如，用蜈蚣泡烧酒喝，用癞蛤蟆的皮贴在疮口上，等等。不过，社员们最初的将信将疑，最后都将变成信服和感激。于是，在社员们的心目中，大先生近乎“神医”，他比那些咋咋呼呼的干部都更有地位。远近的人，都来找他看病，外大队的、外公社的、外县的，都有。不过，他只是大队上的医生，不可给别人治病的。当然，如果是在家里，似乎也没有人好去管他。反正，他也不会用大队卫生室里的药物，一切只是治病救人，与“合作医疗”没有太大的关系。

大先生的字龙飞凤舞，写在处方笺上，就像道士画的符箓，即使有一点文化的乡村干部或者老师，也不能把它们认全。不过，街镇上中药房里的先生全都认识。因此，那些打药的人总担心出错，却从没出过任何问题。村民们在心里暗暗有几分崇拜，觉得那药方有着神奇的魔力，真的类似于道士的符咒了。大先生的医术，也在那写在药方上的字里面啊。

大先生似乎什么都好。大先生个儿高高的，白白的，略有点胖。大先生戴一副眼镜，不知道是近视的，还是老花的。不管是走路，还是坐着，大先生腰板总是挺得直直的。他挺有威仪的，一看就不像是乡下人。大先生衣着讲究，从不穿打补丁的衣服，或者旧衣服；大先生讲究卫生，不仅衣服干净、熨帖，头发也是一丝不乱的。就是大先生的自行车，平时也擦得烁光锃亮，一尘不染，就连那铃声似乎也比别人的要清脆、悦耳一些。

大先生待人和蔼、亲切，见人一脸笑。骑着自行车在路上，碰着人跟他打招呼，不管是支部书记、队长、会计，还是拖拉机手、饲养员或者普通社员，也不管是老人，还是妇女，他老远就撇腿下车，一脸的亲切和随和。只要你愿意，他一定会跟你聊上几句，问询你和家人的身体。他几乎认识村里所有的人，当然，包括他们那公开的或者秘密的疾病。甚至，上学路上的小孩子跟他打招呼，他也会一脸微笑地下车，向你点头致意。

不过，大先生似乎也从没对谁特别地亲近过。他对所有人都一样，不对谁更好，也不会对谁更坏。他从不谄媚谁，也绝不欺负谁。他细心而体贴，就像一味温和的大补药，把你的身体和心灵，调理得又平和，又舒服。

大先生好脾气是没得说的。他几乎从不生气，更不会讲粗话和脏话了。他一点也不像另外几个赤脚医生，对贫下中农粗声大气的，态度很差，还厌嫌他们身上总有那么一股子大粪和汗水的味道。当然，他更不像大队或者生产队上的干部们，在干活或者开会的时候，动不动就用脏话和粗话骂人，有时，还动手打人。大先生，他从不大喜大怒，也从不高声大气的。他平静得像诊所旁那口池塘里的秋水，几乎没有一点儿风浪和波纹。

不过，就在这待人随和上，大先生也出了一点问题。贫下中农们似乎找出了某些“破绽”，觉得他的这种随和似乎不太可靠，甚或是有所企图。大家私下里给他取了一个绰号，叫“老抹花”。“抹花”是种什么东西？这是乡下传说中的一种怪物，被大人们用来吓唬不听话的小孩子。据说，“抹花”一般都会打扮得非常漂亮，甜言蜜语的。他们的兜里，一般还藏着糖块或者其他好耍的玩意儿，平时专门干拐骗小孩的勾当。大先生与“抹花”有什么相似点呢？贫下中农们要把他们联系在一起？这就像“大先生”的名字来历一样，让我想不明白。当然，这只限于私下里说，当着面从来不说的。

大先生哪里得罪了这些贫下中农们？也许，他的装束过于整洁，与穿着破旧的衣服，头发乱蓬蓬的贫下中农们过于“脱离”了吧；也许，他那高大、白皙且微胖的身材，与那些又黑又瘦的贫下中农的对比过于强烈了吧；也许，他的温良多礼，与贫下中农们的粗鲁直率相比，反差实在太大了吧；也许，手不提、肩不挑的大先生，与辛苦劳动的贫下中农们，觉出不平等来了吧……这都有点儿像，但又无从加以推定。

相反呢，对于那些动不动就骂人、打人的干部们，贫下中农们反倒会生出许多畏惧来，从不敢在背后讲什么闲话碎语。干部们多吃点，多占点，多找几个女人，贫下中农们也只能腹诽几句，不敢真的说什么的。再说吧，就是他们动了你的女人，你又能怎么样？你一个人也翻不了什么天。平时除了忍气吞声，满脸赔笑，你还敢说半个不字，或者，摆一个脸色看看。

也许，大先生与贫下中农们的微妙关系，有点像中国农民与龙王爷。执掌着风雨的龙王爷，对于靠天吃饭的中国农民来说，其意义不言而喻。平日里，酒肉牺牲，香烛社戏，尊敬有加，近于谄媚。而到正月里舞龙灯的时候，又把老龙王尽情调笑、戏弄一番，以解心头上的那点不平和怨恨。这就是中国农民对龙王的态度一样。尊敬过头了，有时，也就会生出些不敬来。为了心里的某种平衡，有时就把这份怨恨和不平，以戏谑的方式表现出来。在乡村里“治病救人”的大先生，无形之中，就成了那执掌风雨的老龙王。

应该说，以大先生那副样子，典型的就是脱离群众。他有些出格，有些与众不同。他太像知识分子了，太像小资产阶级了，太像地主老爷了。

他怎么与工农群众打成一片呢？大先生的低姿态，以及温和多礼，除了他自身修养的原因，也并非一点道理都没有。确实，他应该小心为妙。大先生的为人，确实太过谦和多礼了。他谦和多礼得你都不好意思，对他说什么不恭敬的话，哪怕他与你有再多的不同。更何况，大先生还有着精妙的医术，不仅治过很多人的病，还救过一些人的命呢。因此，大先生从没挨过批斗。他所受到的最大污辱，也就是被人背地里称作“老抹花”罢了。与群众专政的强硬手段比起来，比如，戴高帽子、挂铁牌子、细麻绳捆绑、吊打、剪阴阳头、游街示众等等，这比春风还要温柔哪！

当然，在我们那个地方，批判乡村医生或者老师的情况，似乎不太多见。这些事，往往发生在遥远的大城市里。因为，在乡下，这两种人是在心里被人尊敬着的。这是一种长期的心理积淀，或者说本能。这是阶级斗争的学说，以及与之纠缠在一起人的嫉妒本能，难以彻底撼动的。

那时，我是村小学的学生。我生得白净，瘦小，娃娃脸，文质彬彬；我妈妈总把我收拾得干干净净，穿着整洁、得体的衣服。我总能得到了人们的称赞，那就是，一点也不像乡下孩子。这近乎最高的礼赞。除了学习成绩好之外，我还以喜欢读课外书，会讲故事，作文写得好而闻名。

我与大先生的交往，除了看病，是从借报纸开始的。那个时候，总是没书读，闹书荒，于是，就去找大先生借报纸。大先生自己订着两份报纸，一份是《新华日报》，一份是《参考消息》。这不是大队部订的，也不是卫生室订的，这是大先生自己拿钱订的。不看病的时候，大先生就戴着他的眼镜，坐在他的旧藤椅上，看报。读过的每一份报纸，他都小心的折叠起来，等一个月的时候，用白棉线装订成册，非常的爱惜。这不像大队部或者卫生室的报纸，都给大队干部或者赤脚医生拿回家去，垫箱底，或者包东西了。在乡下，纸是稀罕物，即便印上了字，也依然大派用场。

大先生的报纸，似乎是从不借人的。当然，好像也从没有人跟他借过。大先生借给我报纸，有点破天荒的味道。诊所就在我上学的路上，每日的借还，自然就很方便。

大先生有时会考我一些字，或者一些有趣的智力题目。有时，他还会跟我讨论一些时事政治的问题，比如孔老二、林彪、宋江、李逵，等等。我们会一起说很多的话，尽管他平时并不是个多言多语的人。我本能地感觉到，他对我很喜欢。我们在一起的时候，他感到了些许平时没有的快乐。而我对他，也有一种本能的亲近感，这不止是因为，他借我报纸。

也许，在物质贫穷、情感粗糙的乡下，我俩都属于某种精致的东西吧。很多年后，当我想起这些往事，我忽然感觉到某种悲哀，为他，一个从孩子身上寻找精神交流的大人；也为我，我竟然是在那样一种精神的贫瘠和荒芜中长大的孩子。

有一次，大先生在路上遇到了我的父亲。他着着实实地，把我给夸讲了一番。他很肯定地预言，我将来肯定会有大的出息，并自许自己是很识人的。父亲听了，自然生出几分得意和欣慰。毕竟，大先生是乡下有学问的人，他平时待人谦和，却是从来不会说恭维话讨好别人的。不过，父亲也不会把这些话过分放在心上。他是中医，却不是相命先生。一个中国农民的现实本能告诉他，即使他是相命先生，这只是某种愿景，还远不是真正的现实。尽管，我的父亲多么衷心地希望，大先生的这些话，会像他开出的中药方一样管用。

后来，我考到镇上读高中；再后来，到城里读大学，读硕士，读博士。我与大先生，也就几乎没有接触了。有一次，听父亲讲，我考上大学之后，他着实非常高兴。他一改平时的谦和，以从来没有的自矜和得意神气，对我父亲讲："怎么样？"那意思是说，他非常有眼力，看人看得准。

在我慢慢长大的时候，大先生却在一天天地老去。他退休了，成了一名真正的老人，头发花白，寡言少语，呆在自己家里。他依旧读报纸，却很少再给人看病了。

我大学毕业后，回到镇上的中学教书。有一次，我重感冒了，一个多月不见好。嗓子哑了，没法发出声音，给学生上课。镇上医院的各种药都吃遍了，也没有好转。还是父亲的提醒，他说，你找大先生吧，他有办法。大先生还认识我，提到小时候借报纸的事，他的脸上有了笑意。这个时候，我突然发现，他不仅头发花白，而且满脸的皱纹，像河流一样纵横交错。也许，这些皱纹本来就有，它们深藏在皮肤的下面，只在今天我才真正发现。他见了我，真的很高兴，在笑起来的时候，那皱纹也就更深了。我想，这些皱纹也许是他用一辈子的笑堆出来的。那一定是的，因为，爱笑的人总是容易长皱纹的。在塑造皱纹这件事上，这些笑是不是出于真实，似乎并不重要。

听了我的叙述，他戴上了眼镜，很认真地想了一会儿，才提笔给我开药方子。他写得很认真，很慢，像小学生刚学着写字似的。他用的不再是那些龙飞凤舞的字，而是非常工整的小楷，字也写得很大。写完以后，他把处方拿远了，对着光，又检查了一遍。“先吃三剂，如果不见效，你再来找我。”他很认真地说。我想给他一些钱，他非常认真地拒绝了。后来，我拿着那个药方，去镇上的药店买了药。真的，吃完了三剂药后，感冒真的渐渐好了。

后来，我离开了老家，到外地谋生。我像一条小船一样，在城市和城市之间漂泊。我很少回家，也再没有见他一面。

就在前年，我向父亲问起大先生。父亲告诉我，他在 2005 年去世了，终年 96 岁。在乡下，这算是高寿了。据说，他去世这天，曾推着自行车到街上去，却弄丢了他的身份证、工资卡，还有一些零钱。他就在这天晚上，突然去世了。而且，他从床上滚落在了地上。家里人推测，他可能是因为丢了钱，心中郁闷，才突然去世的。如果不是这样，以他的身体，活上100岁似乎没有问题的。我不能理解，乐观而平和的大先生，会因此而死。

也就在这一次，我才知道，他其实并不姓“大”。他姓褚，叫褚安民。不过，他的名字，似乎只适宜写在他遗失的身份证和工资本上。因为，这么多年所有的人只叫他大先生。

我想，就像我一样，很多人也只知道他叫——

大先生。

关于《荞麦》的写作札记

1.写作缘起

《荞麦》的写作，始于1994年。而此系列最初的构思和蕴量，却是在1992年左近。第一篇成稿并发表的作品是《敲钟人》，写于1994年10月。从时间上来讲，写于1994年5月的《三爷》应该是开篇之作，因为过于粗糙，1995年8月才改成现在的模样。

1994年，对我个人来说是非常关键的一年。这一年，我结束了我的乡村教师生涯，考入南京大学中文系攻读中国现当代文学专业的硕士研究生。这也是我第二次离开乡村，来到城市。1985年读大学，算是我的第一次从乡下“进城”。因此，我有了对乡村或者说故乡进行第二次“返顾”和“观照”的机会。从此，我在城市定居下来，乡村成了遥远的、过去时态的回忆。

《敲钟人》最初发表在《南大报》“菊花”副刊上。后来，我把它与另一些文章一起，寄给时任《北京文学》主编的浩然先生。他没有在《北京文学》上刊登，却把它发表在由他创办的《苍生》杂志上，这让我颇感意外。也许，他是着意于它的“乡土味”吧。

在南京大学读书期间，我又陆续写出了《老乞婆》《哑巴货郎》《草匠伯伯》《来富》《秦灯甲》等篇，基本都发在《南大报》和南京的一些报刊上，并在校园里产生了一些小的影响。这让我至今感怀，在大学的校园里，也许能够找到更多的“欣赏者”和“知音”。后来，《秦灯甲》还被选入了著名作家、评论家曹文轩教授主编的《当代大学文学社团作品选》。我特别要感谢的是，我的同学贾梦玮(现任《钟山》杂志主编)当时给我写了一篇短评，这是关于这组散文的最早的一篇评论。

在北京和南京工作期间，我又陆陆续续地写作了其中的若干篇。比如，《荞麦》《杨梅鬼与雌螺眼》《大先生》《王二小》等。这些，先后发表在《钟山》《雨花》《天津文学》《青春》等报刊上。有时候，作为散文体裁发表；有时候，作为小说体裁发表。不过，以散文形式发表的居多。

2.体裁

从写作之初，我就有些困惑于它们的体裁：小说，还是散文？我的这些文章，其实是非驴非马的东西，像是散文，又像小说。但它确实不是“骡子”，从文体的杂交或遗传上来说。它不是散文化的小说，也不是带有小说元素的散文。

其实，面临文体的“困惑”，大致有两个方面的原因：一方面，它纯粹是由于我个人的原因带来的某种偏差。比如，我也许最初是在写一篇散文，由于记忆的偏差和失误，难免偏离了某种原初的真实。有时，在一些细节上，也难免会添油加酱；还有的时候，为了掩饰一些更为本质的真相，我难免要“说谎”，包括改了那些人物的姓名，或者张冠李戴。不过，请相信，这些都是善意的谎言，仅仅为了不对我的写作对象以及他们的后人构成某种现实的伤害。

而像《秦灯甲》《蔡长明》《年宝》《来富》诸篇，则是我写得最为自由的，因为我无所顾忌。他们或已去世，或者不知去向。而且，他们似乎也没有什么亲人或者后人还留在这个世界上。

因此，在写作的过程中，我常常在真实与虚构之间、在梦幻与现实之间游走。它们到底应该叫做散文，还是叫做小说？这是一个难以回答的问题。虽然，此次它是作为“散文”出版的。我现在这么讲，仍然可能是某种逃避和推脱之辞。但话说到这个份上，似乎也没有什么好再说的了。

对于读者来说，它们的体裁是不重要的。甚至，对于作者来说，也不成为什么问题。如果有什么问题，也是理论家和评论家的事。

3.人物散文的传统

如果它们属于散文，并再做细分的话，它们可以算是“人物散文”。按照传统的文学理论，散文可分为叙事散文（包括记事和写人）、抒情散文、哲理散文等类型，这些文章无疑是属于叙事散文中“写人”的子项目。这一点，几乎是可以确定的。这些文章都是记写人物的，即使从题目也可看出这种特性。所有文章的题目，基本是使用人物的名字，包括乳名和绰号。

我在构思和写作这组文章时，大概正是90年代的初期和中期。其时，正是散文的黄金岁月，有几种散文题材颇为兴盛：一是以余秋雨为代表的“文化大散文”；二是学者散文，主要是一些随笔或回忆性文章；三是所谓的“生活流散文”，写生活中的鸡毛蒜皮，小心情，小趣味，“小女人散文”是其中的重要组成。“文化大散文”的影响力和冲击力似乎尤其深远。这种对中国文化的反思和追溯，也许是“寻根文学”在散文体裁中的某种反响，不过，较之最初发端于小说和诗歌的“寻根”意向略微滞后。20 世纪 90 年代初，“寻根文学”已然退潮，新写实主义勃兴。但此时的“文化大散文”，反而风头正健，确实是一种奇特的景观。对于先锋和潮流来说，散文总是显出其淡定、从容不迫以及某种稳定性。换句话说，它总是要慢上小半拍的。

我正是在此背景下，开始了这组与乡村和记忆有关的人物散文写作。我觉得，在散文越来越倾向于抒情和叙事（如“生活流散文”）、越来越偏重于说理、思辨或哲理化(文化散文、学者散文、随笔和杂文等)的大背景下，确实应该给那些质朴、天然的“人物散文”留下一席之地。不管他们是“大人物”，还是“小人物”，均需如此。这种“反潮流”的写作取向当时并不是特别强烈，仅是一种零散的感觉和意绪，根本谈不上理论上的自觉。其实，它们的出现更多是自己当时心态或心情的某种折射。

那种试图恢复中国古代“人物散文”传统的野心，则是后来的事。那是作为评论者的我，对自己散文进行评价和反思的结果。当然我所说的中国人物散文传统，其实就是指《山海经》《世说新语》等，如果把它们归入散文大类，而不是视作神话传说或者笔记体小说的话。

在写作时，我还有一个很奢侈的愿望，那就是它们在出版时，能够被配上相关人物的插图。速写、素描、画或者水粉，都可以。我觉得，它们是应该配上插图的。但画这些插图的人，必须是理解乡村生活和乡村人物的，他必须怀着真挚而深厚的感情。这种感情，不是好奇，而是热爱；不是同情，而是悲悯。

4.小人物

还有朋友说，这属于“小人物散文”。如果以人物身份和地位而论，这样的表述更为精确。确实，我写的都是一些名不见经传的小人物。他们像尘埃一样，卑微而苦难地活着，所谓的伟业是与他们无关的。然而，这些或静止，或飞翔的尘埃，却反射着生活、时代、人性的光泽和晦暗。

因此，为这些小人物“立传”，我觉得是十分必要的。也许，说是“立传”有些言过其实。它们可能只算是一些素描或者速写，一些粗线条的勾画和描摹，并不着色彩。我不敢说，它们传达出了时代、人物的本质和精神。

他们之于某个时代，肯定是重要的元素和存在；他们之于人类及其命运的观照和研究，可能也是不可或缺的。但是，如何不夸大也不缩小地、接近“原生态”地描写和表现他们，才是最为重要的。他们也曾作为神，笼罩在某个虚幻的政治光环之下，让我们无法看清他们的真实面貌，更不用说揭示其灵魂和本质了。不过，他们更多是被轻视和忽略的一群，作为共名的芸芸众生而被言说。而现在，我要说出他们的名字，给他们命名，并让他们进入用文字记载的历史。

以记述王公贵族或文人们事迹为主的《世说新语》等古典作品，其贵族气质和文人气质在所难免；而当代学者散文里，所记述的那些思想者、作家和艺术家们，也有着更多光照千秋的道德力量，即使是他们的苦难也是如此。而在这本作品里的那些人物，却是一些裹挟在时代的潮流之中又往往置身于时代之外，像草木和虫蚁一样自生自灭和不为人知的小人物。然而，他们都自有故事，有着自己的小欢欣以及悲哀，甚至也有着自己的或鲜活或凝滞或麻木的灵魂。与那些大人物们的传奇故事和英雄事迹比起来，他们也有着同样的现实力量和人性震撼。

5.乡土文学

从题材上来说，这组文章也可以归类为“乡土文学”。这是确定无疑的事实。

不过，我并没有着意去写什么“乡土文学”。只是因为我熟悉乡村生活，才写这些乡土人物。否则，可能写出的就是那些市井人物及其故事了。另外，说句真心话，我虽在城市多年，对故乡似乎并没有太多的思念。说句大逆不道的话，我并不觉得“故土难离”。也许，这是因为我是从那片土地上“挣扎”出来的。

但是，我只要闭上眼就能想到的，提起笔就能写下的，还是这些故土的人和事，而且每每使我饱含真情。这是一种非常矛盾的心理，或者可以称之为“情结”了。在写作的时候，我觉得特别顺溜，几乎都不要怎么去构思。一般的情况是，我坐下来，只要稍作考虑，提笔就写。而且，基本是一气呵成。当然，也有少部分文章，写得比较生涩和艰辛，需要反复地进行修改。有的，越改越好；有的，则越描越丑。

故乡或者乡土，让我感觉到一份沉重和辛酸。它们是我的重负和压迫，我写作它们，只是为了减轻自己精神上的重负。我写了一个人，也就扔掉了一个包袱。我就会因此更轻松一些。这一点，汪政先生说得非常到位，“驮着故乡爬行”。

因此，从某个角度来说，我的写作是一种自私的行为。它是为了忘却那些痛苦的记忆，以及躲避心灵的伤痛和沉重。我的这种写作，按照精神分析学的理论，是一种自我的精神和心灵治疗行为。

6.地方性写作

在汪政先生的评论里，关于这种写作还有一个新命名：“地方性写作”。这也是事实。

我所写的这些乡村小人物，他们都生活在一个极小的地域里，它们属于一个非常小的地理范围。写自己的家乡，写一个很小的地方，这不是有意识的选择，而是无可选择。准确说，这是别无选择。因为，只有这些生活，才是我最为熟悉的生活；只有这些人物，才是我最为了解的人物。说真的，我没有办法很好地刻画城里人，我觉得他们太过平面，没有深度，没有故事。至少，在相当长的一段时间里，我是如此感受。

其实，很多重要的作家，都是“地方性写作”。福克纳一辈子不就在写美国一个叫约克纳帕塔法县的小地方吗，但你不能否认他是一个世界性的作家。沈从文的最好作品主要写的就是湖南湘西，汪曾祺写的是江苏高邮，莫言主要写的是山东高密。

但是，我在自己的写作中，并没有如此明确地作出地域性的标志。我在多数情况下，并未写出具体的地方，最多只是标明苏北、苏东这样的大地域，或者干脆就说是乡下。只有像汪政先生这样，与我具有共同生活背景和记忆的人，才能看出这写的是海安，甚至是一个叫李堡的小地方。我这样做的目的，只是出于一个非常渺小的希望。我希望它们不仅属于某个非常狭小的范围或区域，它应该具有更大的普遍性。虽然我也知道，越是地方性的，就越是世界性的这种说法。这至少是我的个人希求。我希图在我的这些文章中，包含着更多、更广阔也更具深度的东西。它不只是“乡土”，也不仅是“回忆”。它应该具有更多时代的、历史的、人性的东西，虽然它是以个人化经验的方式表现出来的。

另外，真正的地方性元素，不在于标注出某个真实或虚构的地名，而在于那个地方独特的个体气质、人文价值、风土人情、自然景观以及地方语言(方言)等。不过，在我的作品中，对于风土人情和景观的描写虽然也有，但是很少的，我的重点在人物以及语言方面。正如汪政先生所说。

7.方言问题

在《荞麦》的写作过程中，除了文体的困惑之外，我还有很多纠结。比如，语言的选择，曾让我多有纠结和反复。我是写诗的人，同时，又从事一些学术性的研究。而这些文章，却需要我使用另外一套语言系统。诗歌，学术，以及散文，它们可能属于三种不同的话语体系。这样的纠结，一直伴随着我，一直到写这篇“代后记”的时候。当然，这不是结束，只要我还继续写下去，就会时时面临这种困惑。

方言，不只是一些地方性的名词，或者特别的表达方式。也就是说，这不仅是一个词语问题，还在于语词的结构和组织方式，也就是语法。另外，就是从这些方言表达中所传达出来的、独特的地域文化、人文精神和价值判断，这才是更为本质的东西。在早先的作品中，方言的因素可能多一些；后来的作品，书面化的程度似乎又要更多一些。其实，这是不一定的。因为，在这个问题上，我一直在摇摆。我在近期的写作中，甚至采取过较为极端的方言方式。不过，这是并不太成功的尝试。

毕竟，我还无法使用纯粹的方言来写作。这就像口语化的诗歌写作一样，我一直保持怀疑：在诗歌的写作中，是否存在真正的口语？那些纯粹的口语，也许仅能存身于日常的方言对话之中。因为，一旦诉诸文字，也许口语和方言就此弥散和消失。至少，也将受到巨大的削弱和损耗。

8.童年视角

《荞麦》里的文字，有的写到“我”，有的没有“我”。不过，从总体上来看，都是“全知视角”的。

有朋友说，我的这些作品属于童年视角，是童年回忆。这也有一定道理，至少对于一部分作品来说，确是如此。

不过，这里面的情况可能更为复杂一些。即使是写童年生活的，但因为我进行写作时已是成年，因此也很难说，还有什么纯粹的童年视角。即使写的是纯粹的童年往事，我怎能保证，它就是我童年时的观察、感受和看法呢？所谓的“童年视角”也不纯粹呢。

再说，我所写到的这些人物往往都是成长或行渐中的。有一些人，在我童年的时候，他们就结束了自己的生命或故事。那作为“童年视角”来看，可能典型一些。还有一些人，经历了更长的时间跨度，它们覆盖了我的童年和成年。因此，这些人的故事，不仅有我童年的记忆，还有我成年后的观察和思考。这时候再说什么“童年视角”，情况就要更复杂一些了。

不过，童年视角也好，成年视角也好；乡村视角也好，城市视角也好；农民视角也好，学者视角也好……这都不是最重要的。很多时候，是会有不同视角的。这就像看一个事物或人，是可以从不同的角度来观察和打量的。

9.情感控制

情感的控制，这确实是一个问题。

在写作的过程中，我总是会不由自主地激动起来。非常极端的时候，我会泪流满面，哭泣不止。其实，那个人物也不是我的什么亲人，他的故事，也与我没有多大关系。这个时候，我就要停下来，让自己冷静一点。我告诫自己，我要像个陌生人一样，必须与我的人物保持必要的距离。

因此，我比较喜欢那些情绪控制得比较好的篇章，那些尽可能不动声色的，那些似乎事不关己的，那些貌似冷漠无情甚至反讽的。我要把那些所谓的“悲悯”掩藏起来。

有些沉重和悲伤的细节，我会故意写得轻松一些，甚至快乐一些。我总会想起老家关于“红白喜事”的说法。结婚是喜事，是“红喜”；丧事也是喜事，叫“白喜”。“白喜”，这是怎样的一种智慧和通达啊！

那些以“我”为线索和角度的文章，最容易遭遇情感控制问题。因为，在这个时候，我比较容易进入抒情和议论的状态。

10.议论及其他

在散文中，议论作为一种表达方式，也是不可缺少的。所谓哲理性散文、杂文、随笔，其实就是以议论为主要表达方式的一种散文。

在我这组文章的写作中，我是尽可能躲避议论的，就像逃避情感一样。关于议论，我觉得应该是“不着一字”，才能“尽得风流”。但在一些文章中，我还是忍不住要加几句评论或类似于评论的文字。

比如说，作家战婴说某些篇章的结尾，纯属多余，如果去掉，反而会更有意味。也许，就是因为在这些结尾中，可能有了一点议论或述评的味道。我尝试删除了几次，又觉得好像少了一点什么。最后，还是把它们保留了下来，也不管它们是“狗尾”，还是“貂尾”了。

在一些篇章的中间，还存在这种现象。一些忍之不住的议论，或者反讽，总会像气泡一样从河底里冒出来。因为，那是有鲫鱼、黄鳝、螃蟹、甲鱼，或者其他什么生物在。

另外，写于后期的一些散文，有越写越长的趋向。而且，在节奏感和张力上也显出某些欠缺，它可能与追求更为全面和深刻的表现欲求有关。但目的是否因此达到，却不能肯定。其实，我更喜欢那些短篇作品，一般在 2000 字左右的那些，节奏、留白、张力以及跳跃性等上面都要更好一些。说真的，那更有某种写诗的感觉。

11.结语

乡俗散文系列，我大概写了一百多篇。此次出版的，属于已经改定的那一部分，它们多数都曾在报刊上公开发表过。

而我此类文章的写作，目前还没有停止。它将继续下去。我早先即有一个计划，即创作出更多的乡村小人物，合成一本大书。然后，呈现给喜欢它的读者们。

在将近二十年的写作过程中，我是有许多感悟和思考的。如今稍作梳理，差不多有近两万字。上述文字即属于其中的一个部分。

说了这么多的话，难免有些□嗦。作为一个写作者，最终还得靠文本说话。过多的阐释，不仅饶舌，还会产生不必要的误导。

在这个文学日趋边缘化的时代，我非常感谢您，我热爱着的读者们(包括职业读者)的阅读和批评。

是为后记。

作　者

附：

海马和他的《荞麦》

汪　政

海马是我的老乡，而且相距不远，也就十八里地，但等到相互认识时，故乡已经离我们很遥远了。

因为有着几乎相同的童年记忆，所以，海马这本散文中所写到的故事与人物，在我读来就十分的亲切。海马有一篇文字提到诗人小海，提到了北凌河，那儿与海马的故乡李堡大概也就一箭之遥。我的少年时光就是在那儿度过的。那里地处僻壤，有许多大得望不到边的草荒田，这在我们这种南方平原耕作地带是很少见的。春天是绿绿的，秋天是红红的，里面出没野兔、猪獾、刺猬、鹁鸪以及好多的大蟒蛇。大水一起，草丛里满是乱窜的鱼虾。除了打猎的偶尔放几枪，可以说终年没有人去打扰它。在那片土地上，有着许多与海马家乡一样传奇的人物，舞刀弄枪，吹拉弹唱，游走着熟悉和陌生的生意人。那里民风朴实而宽容，几乎每个村子都有着说不尽的暧昧故事。海马笔下的乡亲时时勾起我儿时的回忆，他们是那么的相像，只要换个姓或者重新安个名，他们就成了我熟悉的张三李四。

我曾仔细问过海马离开故乡后的经历，在我这个几行字就写完个人履历的人看来，他是个令人羡慕的阅历丰富的、有故事的人。一个曾经走南闯北的人，一个曾经干过几个行当的人，为什么回忆起来总也走不出那个弹丸之地李堡？我看了这些文字的写作时间，它横贯了海马近二十年的人生。可以夸张一点说，自从离开家乡，他就开始思故乡，忆故乡，写故乡了。前一段时间的文化流行语“这么快就开始回忆了”用在海马这儿倒是蛮恰当的。

一个人这么快，这么专心而纯粹地描写童年、叙述家乡的人与事，肯定有他的道理。生活中总是有这么两种类型的人，一种人拼命地想洗掉自己身上乡土的印记，进入城市就是为了告别自己乡土的出生地，脱胎换骨，而且他们可以做得很成功，他们非常迅速而完美地融入了他们人生的目的地；另一种人则不太容易做到这一点，他们或者不能或者不愿。海马大概属于后者。我宁愿理解海马这样的写作是为了不断地证明自己乡土的文化身份和精神基因。他唯恐哪一天不去回望故乡，自己就可能像只断了线的风筝被吹向虚空。而在这不停地回忆和书写中，他便心有所栖，仿佛一刻也没有离开故土。海马出生于20世纪60年代中期，我知道，在我们家乡，那个年代的城镇化程度还比较低，李堡在我们那一代已经算得上是一个大镇了，但方圆也就几里地，一抬脚就上了街，而目力所及，只要稍远一点就是无边无际的农田。但是也就几十年的工夫，我们的县城已经号称通江达海，铁路、港口，正被打造成苏中的物流中心。原先的九里一镇也早已连成一片。我们的上一代人已经老去，而不要说下一代，只要再比我们年轻十来岁，就已经不太可能拥有纯粹的乡土经验了。事实上，我们在成长经验上已经很难与他人言说与共享。而反过来说，这也是我们这一代从农村出来的人，较为个性化的生命体验和感性知识。现代化成了中国年轻人的文化认同，他们统一、单纯，与当下贴合无间，但我和海马不行，因为我们不可能掐掉自己另一半的生命，那一半生命不但顽固地诉说着过去，而且桀骜不驯地对抗着现在。这就是一代人的宿命。白天，我们在同质化的城市中演着被指定的角色，夜晚，则卸下面具将自己放回从前，飞向已经不存在了的故乡。

这一点都不玄奥，是非常日常生活化的。不同的人都有着自己安排心灵的方式。

不过海马的写作还可以换一个相近的思路去讨论。可以问一句：这种只能从记忆中去捕捉和打捞的写作还有另外的意义吗？

我想是有的。因为海马的这种故乡书写的纯粹性，我称之为地方性写作。这种地方性写作已经不同于简单的零星的对故乡的回忆，而是一种自觉的对故乡、当然同时也就是某一地方的系统性书写。如果认真阅读海马的这些文字，会发现他与一般的乡土书写的不同之处。一般的乡土写作会将笔墨集中于乡土的历史、传说和风土人情，特别是自然风貌与民间习俗。但这些在海马的文字中是零散的，他专注的是人与语言。他是以人来写地方，以人来写故乡的，他显然是想通过人写出地方的性格与灵魂。地方性是什么？是自然，还是风俗？说一个地方与另一个地方相区别，最终还是要落实到人，比如落实到所谓的南人与北人、齐人与燕人。自然不同，决定了人应对自然和与自然相处的方式，从而形成了制度、规矩以及民间习俗，但这一切总是通过人来实现，并且积淀为某一地方人的性格类型。这才是最本质的地方，也是最重要的地方性知识。我看了海马笔下的人物，就知道他写的是我们那个地方的人。虽然我还不能准确地概括我们那个地方的人是怎样的一种人，有着怎样的一种性格，但他们确实就是海马所写的。他们的劳动，欢喜与悲伤，无赖与无奈，辛苦和狡黠，就是如此。地方即人。在生活方式日新月异的今天，自然与习俗状态中的地方是不牢固的、多变的和不断被同一和通约的，但人的性格，这种建立在家族、血缘、遗传和生命自觉中的人的习性，虽然看上去比较隐蔽，但却坚韧而稳定。

人与语言是联在一起的，这语言在海马这里就是方言。当习俗乃至自然都不再可靠，都不可能承载地方性时，还有什么？也只有语言了。从这个意义上说，只要方言在，故乡和地方就还在。方言是地方文化最佳也是最后的载体，方言消失，也就意味着地方性的终结。海马对方言的使用可以说到了顽固的程度，他对方言的运用不仅是名词，不仅是那些关乎名物与风俗的称谓，他几乎涉及到了语用的各个层面，他恨不能让他的文字响出家乡的声音。我是一直主张方言写作的。只有方言，才有个性，也才会使语言保持生机和再造的能力。在任何民族、地区和时代，相对于通行语或官方语言，其他的一切都是弱势的，是被摒弃、改造、驱逐的语言。然而要在语言上寻求独创，我们又必须从这些弱势语言入手。相对于普遍性，文学化的写作可能更重视差异性。普遍性突现了通用、统一、标准替换与假设，而差异性则相反，正是许多的方言，映照出我们共同语中的空白，包括彰显地方性的存在。就目前汉语的现实状况来讲，虽然普通话的普及率在不断提高，但绝大多数人还是首先生活在自己的方言中。由于方言与普通话处在不可完全转换之中，因而方言更真实地反映了一个人的生命状况和方言区的文化承传。所以，尽管方言现在受到了许多挤压，龟缩进了一些“角落”，或处于一种悬浮的状态，但它对个体与地方来说，仍然是珍贵的。这意味着要从生存本体的角度理解方言，否则，方言、地方性就很有可能成为奇装异服、奇风异俗、异国主义或东方主义的猎奇。地方文化的传承和文学语言的生命，这就是方言的两重功能。

海马还是位诗人，他应该知道海德格尔说过，方言天然地就是诗。如同故乡就是诗一样。我的故乡早已不是记忆中的模样，每次回去我都想找寻往日的痕迹，那是我生命的证据，但总是徒增伤感。但读到海马的文字，我体会到了文字的力量，它是可以留住故乡的。不管故乡如何改变，她会一直存活在我们的记忆与文字中。不论我们走向哪里，只要有记忆，有方言，故乡就还在。我们就这样带着故乡上路，漂泊，如同一只蜗牛，身上的那间房子是用记忆和方言砌就的，我们驮着故乡爬行。

（本文作者为中国小说学会副会长，江苏省当代文学学会副会长，南京市评论家协会主席。）